ラルーナ文庫

異世界の皇帝は神の愛し子に永久の愛を誓う

はなのみやこ

三交社

CONTENTS

Illustration

三栖

異世界の皇帝は神の愛し子に永久（とわ）の愛を誓う

本作品はフィクションです。
実際の人物・団体・事件などにはいっさい関係ありません。

1

電車を降りると、駅前のコンコースには数台の車が停まっていた。

すぐに目を逸らすつもりだったのだが、どこかで期待してしまっていたのだろう。

父親の愛車であるワーゲンを、気がつけば探していた。しかし視界に入ってきたのは、どれも見覚えのない車ばかりだった。

当たり前だ。塾の帰りは、いつも歩いているんだ。今日に限って、迎えに来てくれているなどと、どうして期待してしまったのだろう。

多分それは、今日は試験前の特別講習で、普段は十九時で終わる授業が二十一時まで続いたからだ。さすがにこの時間になると、いつもは駅前でたくさん見かける制服姿の中高生たちもほとんど見当たらない。

著しく小柄というわけではないが、平均的な身長で細身の優良は明らかに小学生にしか見えないため、時折訝し気な視線を向けてくる人間もいる。

もっとも、わざわざ声をかけてくるようなお節介な人間はいない。

今日は、優良の二つ下の弟の誕生日だった。今年小学四年生になる弟の翼は大人びたところがあり、誕生日プレゼントにはミュージカルを見に行きたいと言い出した。有名劇団のミュージカルのテレビCMで見るたび「見に行きたい」と弟は口にしていたし、両親もそんな弟の希望をかなえてあげたいと思ったのだろう。

翼の誕生日は土曜日だったが、優良は模試が近いということもあり、塾の特別講習が入っていた。けれど、母親の頭の中に優良の予定は入っていなかったのだろう。

一週間前、おずおずと優良が講習の話をすると、母親はあからさまに困った顔をした。塾を休んでミュージカルに行くという選択肢も提案されたが、優良はそれを選ばなかった。どうせ、一緒に行ったところでどうしようもない疎外感に苛まれるだけだ。それだったら、最初から行かない方が良い。

そして母親から言われたのは、遅くなるかもしれないから戸締まりを気をつけて、という言葉だった。

医師である父親は、毎年翼の誕生日には休みをとっていたのだが、どちらかが優良を迎えに行くという考えは最初からなかったようだ。

なんだか虚しくなってため息をついたその時、ちょうど一番近くにあった車のウインドウから女性が顔を出し「こっち！」と大きな声を出した。

見覚えのない、母親と比較的近い年齢の女性の行動に一瞬戸惑ったが、すぐ後ろを歩いていた少女が早足で優良を追い抜き、女性のもとへ駆けていった。

嬉しそうに母親であろう女性に話しかけ、そのまま車内へと入っていく少女には、見覚えがあった。クラスは違うが、同じ塾に通っている少女だ。

中学受験用の進学塾は、クラスを試験の成績で分けている。優良は一番成績が良いクラスに所属していて、入塾してから一度もクラスを落としたことはない。そのため、他のクラスの人間のことはほとんど知らない。

それでも少女の顔をなんとなく覚えていたのは、少女が優良のクラスに友達がいるらしく、時折遊びに来て話しているのを見かけていたからだ。少女のマフラーは手編みらしく、少しくたびれてはいたが、なんだかとても暖かそうに見えた。

自然と、自分の首に巻かれたカシミアのマフラーへ手をやる。

昨年、父親が学会でドイツに行った際に土産で買ってきたものだ。

弟も色違いのものを買ってきて、電話では赤がいいと言っていた弟は気が変わったのか、青を選んだ。

整った顔立ちの弟のために用意された深紅のマフラーは、自分が巻くとなんだかひどく不釣り合いに見えた。

「ごめんねお兄ちゃん。翼ったら、最初は赤がいいって言ったのに」

「別にいいよ、僕はどっちでもよかったから」

母親を安心させるようにそう言えば、ホッとしたような顔をされる。

別に、いつものことだ。この家の主役は翼で、全ては翼を中心にまわっている。

気まぐれで、少し我が儘ではあったが、顔はテレビに出ている子役よりもよっぽど可愛く、運動神経も良ければ頭も良い。

マフラーのことだって、別に優良へ嫌がらせをしようとしたわけでもなく、ただ自分が欲しい方を選んだだけだ。

そして自分が要求を口にすれば、両親はそれを聞き入れることも知っている。

幼い頃から、自分は両親から愛されているという絶対的な自信があるからこそできることだろう。優良には、とても真似できないことだった。そんなことをした日には、両親は怒るどころか、ひどく顔を歪め、こう思うはずだ。

「ああ、やっぱり、こんな子引き取るんじゃなかった」と。


東京と神奈川の境にある武蔵小杉は、十分もあれば電車で都内に出られる利便さが買われている新興住宅街で、駅の傍には新しいタワーマンションがいくつも立ち並んでいる。

優良の家は一軒家で、駅から十五分ほど歩いた閑静な住宅街にあるため、駅前とは随分雰囲気が違っていた。

普段通り、仕事帰りの大人たちに交じって自宅へと向かっていた優良だが、今日はいつもより足が重く感じた。

家に帰ったところで誰もいないだろうし、冷たくなった夕食がテーブルの上に置かれているだけだ。

塾がある日はいつも夕方頃にコンビニで買ったおにぎりを食べているが、さすがに気が引けるのか、夕食は優良の分もきちんと用意されている。

ただ、母親は帰ってきた優良に声こそかけてくれるが、夕食を食べるのは一人きりだった。

それでも最初は優良を気遣うように、何かしらの会話をしていたのだが、ぎこちない会話はすぐに終わってしまう。そして母親は、さり気なくリビングの方へ行ってしまうのだ。

結婚前は父親と同じ医師をしていた母親は、今は在宅で医療監修の仕事をしている。

ノートパソコンを開くと、そのまま母親の視線はディスプレイへと向かい、優良の方は一切向かなくなる。

もっと自分が話し上手で、それこそ翼のように会話を盛り上げることができたら、母親も笑ってダイニングにいてくれるだろうか。そんなふうにいつも思っていた。

ミュージカルが終わるのは二十一時だという話だが、休日前のこの時間は都内も渋滞しているだろう。誰もいない家に一人帰るのは、どうしても気が重たかった。

少しだけ時間を潰そうと、優良は自宅からは真反対の、多摩川の方へと足を向けた。

昼間は散歩や川沿いで遊ぶ子どもたちで比較的人通りがある多摩川も、この時間はとても静かだった。十一月の今は、雨も少ないため、水の量は少ない。近づいても大丈夫だろうと判断し、川沿いへと向かった。

水辺に近づくと、さすがに少し風が冷たく感じたが、水面を見つめていると、どこか心が落ち着いた。

ライトアップされた丸子橋（まるこばし）を見上げれば、明るい光に照らされていたが、その下は暗がりとなっている。

橋を見ると、いつも遠い昔に言われた言葉を思い出す。

「あんたは、橋の下で拾われた子どもなんだよ」

当時五歳になったばかりの優良に、父方の祖母が母親に聞こえないよう、こっそりと優良に言ったことがあった。どうせ言ったところで、意味がわからないと思ったのだろう。

その時の祖母の意地の悪そうな顔は今でもよく覚えているし、普段から自分を見つめる視線は、翼を見つめる優しいものとは明らかに違っていた。

自分はこの家の子どもではなく、橋の下から拾われてきた子ども。

祖母から言われた言葉は優良の胸に突き刺さり、小さな心臓が痛くてたまらなかった。

だから、おばあちゃんは僕には何も買ってくれないんだ。だから、お父さんもお母さんも、いつも翼の名前を最初に呼ぶんだ。僕が赤ちゃんの頃の写真はほとんどないのに、翼の写真はたくさんあるんだ。
　優良が幼いながらも感じてきた不安は、祖母の言葉をきっかけにますます強くなった。
だから優良は、今まで以上に手のかからない、良い子になろうとした。
　祖母の話は勿論嘘で、優良は橋の下から拾われてきた子どもではない。
　特別養子縁組制度、優良が自分と両親に血のつながりがないと知ったのは一年以上前、
小学五年生の夏休みのことだ。
　きっかけは、半年ほど前の、正月の話だった。
　家には珍しく遠縁の親戚も集まっており、客間で所狭しとみなは酒を飲んでいた。
　大人たちが集まっている間、優良は翼と一緒にリビングでテレビを見ていた。けれど、
翼が喉が渇いたと騒いだため、何か飲み物をもらえないかと優良は大人たちのいる和室へ
向かったのだ。
　その時、酔った女性、父の姉が母に言った言葉が聞こえてきた。
「その年齢で男の子二人の母親なんて大変よね。まさか、もらって一年も経たないで子ど
もができるなんて思いもしなかったでしょ？　こんなことなら、わざわざもらう必要なか
ったんじゃない？」
「まあ……それはそうなんですけど。だけど、お兄ちゃんは良い子ですし、翼にも兄弟が
いた方がよかったと思うので」

自分は、もらわれてきた子ども……。あまりにもショッキングなその言葉に、優良はしばらくその場から動くことができなくなってしまった。

聞き間違いではないはずだ。伯母（おば）は酔っていたが、母親は酒を飲まないため意識はしっかりしていた。

七月の終わり、その日、母親は翼を連れて出かけていたため、優良は家の中で一人勉強をしていた。

ちょうど父親の職場が変わり、児童手当を新しく申請する際に母親は戸籍謄本を取り寄せていたことは知っている。

だから、リビングの棚の上に置かれたそれを、その時にこっそり盗み見たのだ。

あんなの祖母の冗談だ、自分はこの家の子どもだと心のどこかで信じていた可能性は、謄本を見たことによりゼロになった。

『民法八一七条の二』。優良の戸籍謄本には、しっかりとそれが記載されていた。

優良は箪笥（たんす）に仕舞われた翼の母子手帳を探し出すと、母親が通っていた産院の名前を確認する。

インターネットで調べてみたら、初期の頃に通っていたその産院は不妊治療で有名な医院だった。

おそらく、両親は長い間不妊治療を続けていて、一度は諦（あきら）めて生まれたばかりの自分を養子にした。

けれどその一年後、奇跡的に翼を授かった。自分は、この家の誰とも血のつながりがない。

どくどくという心臓の鼓動が激しくなり、エアコンで部屋の空調は整えられているはずなのに、ひどく喉が渇いた。ジージーという蟬の声が、ことさらよく聞こえた。

物心がついた頃には感じていた心細さと疎外感の正体が、ようやくわかった。

川沿いに長い時間いたからだろう、頰にあたる風にぶるりと身を震わせる。

別に、血がつながりがないからといって、あからさまな差をつけられたことはない。

むしろ、それがわからぬよう、少なくとも周囲には悟られぬよう、両親は努めてくれていた。

ブランド物の子ども服を着せてもらい、塾にまで通わせてもらい、三食きちんと食べさせてもらっている。

それでも、中学受験だって翼とあからさまに差がつかないようにすることになったのだし、三年生の説明会から参加していた翼とは違い、優良が塾に入ったのは五年の途中からだった。

この成績なら御三家も狙えると講師から太鼓判を押されれば、「翼も頑張るのよ。お兄ちゃんが色々教えてくれるし、よかったわね」と、母は翼に笑いかけた。

実の親に育てられていても、虐待によって命を落とす子どもだっているのだ。

自分は、十分に恵まれているし、幸せだ。自分が両親との血のつながりがないことを知ってから、優良は何度もそう言い聞かせてきた。

だけど……それでもやっぱり自分と翼は違う。「翼にも兄弟がいた方が」――あの時、母親は伯母にそう言った。優良にあの家で求められているのは、物わかりの良い、翼の兄というポジションで、優良自身が求められているわけではない。

いつしか自分の呼称は「お兄ちゃん」になり、「優良」と名前で呼ばれることはなくなった。

両親はなるべく差がつかぬよう、努力してくれていることもわかっている。

ただ、そんな気遣いさえ優良にとっては辛く、寂しかった。

これだけよくしてもらっているのに、これ以上を望むのは贅沢だということもわかっている。

それでも、埋められようのない心の孤独は日々蓄積していて、時折自分の存在すら消したくなる。

自分は、必要とされていない子ども。……ここにいては、いけない子ども。

もしこのまま川に身を投げれば、両親は泣いてくれるだろうか。

だけど、どこかで思うはずだ。死んだのが、翼でなくてよかったと。

……やめよう、考えたって仕方のないことだ。

見上げた夜空には、きれいな三日月が輝いていた。気のせいだろうか、いつもよりも光の量が多いように感じる。

「きれい……」

ずっと見ていたい、そんな不思議な気分だった。とはいえ時間帯も時間帯であるため、ずっとそうしているわけにもいかない。

大きく息を吐き、気を取り直して最後にもう一度川へと視線を向ける。

「え……？」

優良の目に入ってきたのは、何かに照らされたように光を帯びている川だった。

先ほどまでは、いつもと変わらない、夜の川だったはずだ。

丸子橋はライトアップされているが、その光は橋の下までは届かない。

夜光虫という、青白い光を放つプランクトンの存在が頭を過(よぎ)ったが、写真で見たその色とは明らかに違っていた。

金に近い、眩(まぶ)しいほどの柔らかい光。それは、空の上の三日月から発せられたものだった。しかも、光はゆっくりと優良の方へと近づいてくる。

さらに水がうねりをあげて揺れ、光る川はまるで生き物のように大きくなった。

「な……！」

逃げよう、そう思った時にはすでに遅かった。

まったく予想できない動きをする川の水が、優良をとらえようと大きくしぶきをあげて迫ってくる。

カツンと音がし、手に持っていたスマートフォンが下に落ちた。

「たっ」

助けて、優良の言葉が、声になる前に、身体が水に包まれる。

凍えるような水の冷たさを想像していたが、光る水は不思議と冷たくはなかった。

むしろ心地がよいくらいで、その温かさに戸惑いながらも懸命に手足を動かしたが、身体の自由は一切きかなくなっていた。

それでもなお、必死にもがいていたが、突如そこで強い眠気に誘われる。

『……どうかお眠りなさい、愛しい子』

穏やかで優しい、きれいな声が耳元に聞こえる。

『お母、さん……？』

ぼんやりとした意識の中、美しい女性が微笑むのが微かに見えた。

優良の意識は、そこで完全に途絶えた。

2

身体が、温かいぬくもりに包まれている。先ほどまでの不思議な光ではなく、感じるのは誰かの体温だ。

昔、誰かにこんなふうに抱きしめられたことがあった。

自分でも思い出すことができないくらい、遠い遠い昔。

もっとも、今自分を抱いている腕はその腕よりも遙(はる)かに逞(たくま)しく、力強そうだ。

朦朧(もうろう)としていた意識が、少しずつはっきりしていき、耳からは誰かの声が聞こえてくる。

このまま眠っていたかったが、その声が自分に対してかけられていることがわかる。

高くはないが、低すぎもしない。聞いていて、とても心地よい声だった。

その声につられるように、優良はうっすらと自身の瞳(ひとみ)を開く。

目の前にあったのは、美しい少年の顔だった。

外国の、人……？

年の頃は、十七、八歳だろうか。優良よりも年上の、高校生くらいに見えた。

色素の薄い肌の色に、銀色の髪と、アイスブルーの瞳。顔立ちも彫りは深いが、西洋人に比べるとエキゾチックだ。だが、明らかに自分と同じ東洋人の容姿ではない。

しかも、何か香をつけているのか、とても良いにおいがする。

王子様、みたいだ……。

きらきらと光る少年の髪を、優良はぼうっと眺める。

「気づいたか！　……大丈夫か？」

驚いたような、けれど心配げな少年の声が、優良の耳に優しく入ってくる。

「は、はい……」

少年が話しているのも、自分が発した言葉も、明らかに日本語ではなかった。

日本語どころか、これまで一度も聞いたことがない言語だ。

けれど、不思議と優良は彼の言葉が理解できたし、そして自分も同じ言葉を発することができた。

「よかった」

優良の言葉に、硬質で無表情だった少年の表情が柔らかくなる。優しく、美しい笑顔に優良も自然と笑みが浮かべる。

その瞬間、少年の切れ長の瞳が見開かれ、その表情に優良はハッとする。

意識がはっきりし、冷静になると、少年の逞しい腕に抱き留められ、さらに見つめられているこの状況がとても恥ずかしくなってくる。

「あ、あの」

慌てて上半身だけでも起き上がろうとするが、それは少年によって阻まれた。

「急に起き上がらない方がいい。長い間水の中にいたし、身体も冷えていた。どこか痛いところや、動かないところはないか？」

よく見れば、優良の身体は肌触りのよい、絹のような青い布に包まれており、さらに少年の腕によって支えられていた。

水の中、ということはやはりあのまま自分は川に引きずり込まれ、おぼれてしまったのだろうか。

「大丈夫です。どこも痛くありません」

言いながら、ゆっくりと首を動かして周りを見渡す。

あれからだいぶ時間が経っているのか、あたりはすでに明るくなっている。

「え……？」

けれど、周囲を見渡し、自分の状況を確認すると。そこには信じられない光景が広がっていた。

てっきりあのまま、下流の方に流されてしまったのだと思ったが、優良の目に入ったのはまったく見覚えのない風景だったからだ。

自分が浸かっていたのだという川を確認してみるが、見慣れた多摩川ではない。

多摩川どころか、おそらく日本の河川ではないだろう。

日本に、こんなに川幅の広い川は存在しない……！

中学入試は膨大な知識を詰め込むのが必要とされるため、日本の河川の特徴や名前はほとんど覚えている。川幅のある利根川でさえ水のある部分は一キロには満たず、初めて日本の川を見た外国人は川ではなく滝だと表現したという話だってある。

けれど、今優良の目の前に広がる川はとにかく広く、目を細めて向こう岸が微かに見えるくらいだ。

川だけではない。川を囲む、ごつごつとしたいくつもの大きな岩や、その先に広がる高原。

「ここは……どこですか？」

呆然としながら、自分を支えてくれている少年へと視線を戻す。

よくよく見てみれば、少年の恰好も日本のものとは違っていた。まるでどこかの民族衣装のような、白いブラウスのようなシャツに、銀色の刺繍が施された青色の上衣に、ゆったりとしたズボン。

優良の問いに、少年は一瞬訝し気な顔をしたが、すぐにその口を開く、

「お前は……」

「エルトゥール様！」

少年の言葉に、第三者の声がかかる。

優良が声のした方を振り向けば、目の前の少年と同じくらいの年の少年がこちらへ向かって駆けてくる。

少年に比べれば肌は浅黒く、髪色は赤に近い茶色だが、衣装は同じようなものを纏って
いる。

「布をバザールでいくつか買ってきました。子どもは……」

「ああ、無事に目を覚ました」

赤毛の少年が、優良の方を見る。

「無事で何よりだ。……お前、危ないところだったんだぞ。エルトゥール様が気づいて助けなければ、あのまま水に沈んでもおかしくなかった」

「あ……」

そういえば、動転してしまい、未だ礼を言えていなかったことに気づく。

「助けてくださり、ありがとうございます。えっと、エルトゥール様……」

さり気なく上半身を起こし、目の前にいる少年、エルトゥールへと頭を下げる。

「いや、最初は沐浴でもしているのかと思ったが、どうも様子が違っていたからな。何もないのなら、よかった」

「は、はい……」

美しい青い瞳で見つめられ、優良は小さく頷（うなず）く。

けれど、そんな穏やかな雰囲気に対し、二人を見ていた少年は表情を厳しくする。

「そもそも、神聖なカストゥール川で水を浴びようとするなど、時期が時期なら懲罰ものだぞ!?　お前一体どこの集落のものだ」

「え……？」

どこに住んでいる者なのか、少年が問うているのはそういうことなのだろう。

けれど、そう言われても優良はなんと答えればいいのかわからない。

「えっと……僕は……」

逡巡（しゅんじゅん）していると、エルトゥールが少年から受け取った布を優良へとかけてくれる。

厚い生地のものが多いのは、おそらく身体の体温を下げないためだろう。

優良は渡された布の一つを、髪を拭（ふ）くために頭の上に乗せる。

けれど、そこでふとエルトゥールの手が止まった。

「先ほどから思っていたが、見たことがない衣服だな。もしかしてお前、異国の者か？」

「何!?」

エルトゥールの言葉に、少年の表情がますます険しくなる。

まるで摑（つか）みかからんばかりの勢いで、優良がびくりと身体を震わせれば、横にいたエルトゥールが前に出て庇（かば）ってくれる。

「やめろサヤン、怯えている」

「しかし……」

「たとえ異国の者でも、この年齢だ、間者だとは考えにくい。それに、アナトリアはどんな民族や神を信ずる者でも受け入れるのが信条だ。お前だって、それはわかっているだろう？」

　エルトゥールの言葉に、サヤンは一瞬、苦々しく表情を歪めたが、すぐにしっかりと頷いた。

「髪も瞳の色も黒というのも、珍しいな。大丈夫、悪いようにはしない。どこの国の者だ？」

　優良を怖がらせないように、エルトゥールが穏やかに問う。

　信じてもらえるかはわからないし、現在の状況を一番信じられていないのは優良だ。だけど、今は正直に話すしかない。

「僕の住んでいたのは、日本という国の、東京という街です」

「ニホン？　聞いたことがない国だな、お前、嘘をつくなら」

「待て」

　サヤンの言葉を、エルトゥールが遮る。

　そして、その大きな手でそっと優良の前髪に触れる。

「あ、あの……？」

「印……」

「え？」

優良の額には、昔から四葉のような小さな痣があ(あざ)る。

色も薄く、さらに前髪を下ろしていると気づかれないため、指摘されたことはほとんどないが、髪を拭いた時に前髪に癖がつき、今は額が見えていた。

サヤンもエルトゥールの言葉に、優良の額へと視線を向けた。

エルトゥールは優良の顔と、そして身体を注意深く、まじまじと見つめる。

「エルトゥール様……もしやこの子どもは……」

「ああ。神の愛し子の、可能性がある……」

神の、愛し子……？

一体、どういう意味だろうか。困惑から、優良が不安気にエルトゥールを見上げる。

優良を安心させるためだろう、エルトゥールはゆっくりと頷き、声をかけた。

「名前は？」

「え？」

「お前の、名だ」

「優良です。宝生(ほうしょう)、優良です」

「ユラか、良い名前だな」

エルトゥールは優良の名を呼び、笑んだ。

けれど、その微笑みは今までのものとは違い、どこか寂し気に見えた。

＊＊＊

馬の蹄(ひづめ)の、パカパカという音を聞きながら、優良は自身の身体を強張(こわば)らせていた。

白い大きな馬はエルトゥールのもので、川の近くでおとなしく主(あるじ)が来るのを待っていた。

優良は勿論、馬に乗ったことなどなかったため、エルトゥールの馬に乗せてもらうことになった。

二人分の体重がかかることを心配したが、小柄な優良が一人増えても大したことはないとエルトゥールは言ってくれた。

サヤンはあまりいい顔をしなかったが、サヤンの馬はエルトゥールの馬よりも小さかったため、仕方ないと思ったのだろう。特に、口に出して反対はされなかった。

二人のやりとりを見る限り、基本的にサヤンはエルトゥールの命令に逆らうことはないようだ。

偉い人、なんだよね……？

着ている衣装は勿論、剣から何からエルトゥールが身につけているのは全て煌びやかで、上質のものだ。

サヤンも年齢は同じくらいだが、エルトゥールへの接し方は友達に対するものとはまったく違っている。

二人の会話を聞く限り、どちらも騎士団に所属しているようで、身分もエルトゥールの方が高いようだ。

自分とそう年齢は変わらないだろうに、彼らは騎士という立場で、おそらくすでに仕事をしている。

やっぱりここは、別の世界なんだ。

勿論、優良のいた世界でも外国では年端のいかぬ子どもたちが働かされていることが問題になっていたが、それとはまた違うだろう。

何より、エルトゥールもサヤンも、騎士である自身の立場に誇りを持っているように見えた。

それは、優良のことをエルトゥールが神の愛し子であると口にした途端、それまでとは明らかに態度が変わったサヤンを見ていても思った。

何かの間違いだと思うんだけどな……。

今、優良はエルトゥールの馬に一緒に乗り、二人とともに宮殿を目指していた。

　エルトゥールの話では、優良は数百年に一度この国に現れる神の愛し子であるというのだ。

　神の愛し子は異世界で育てられ、やがてこの世界に豊穣と安寧をもたらすためにやってくる、特別な存在。

　最初は、勿論信じられなかった。そんな、漫画やライトノベルのような話が自分の身の上に起こるとは思えなかったからだ。

「この国の名はアナトリア帝国、聞いたことがあるか？」

「いえ……」

　世界の国名はほとんど頭の中に入っている。中学受験では必須ではないが、将来のことを考えても知っていた方がいいと覚えたからだ。勿論、国際情勢は日々変化しているため、自分の知らないうちに新しい国はできているかもしれない。

　けれど、そうだとしても彼らの服装や身につけているものはどう見ても現代のものとは思えなかった。

「アナトリアはこの大陸で、もっとも大きい国だ。大陸に住む者で、知らない者はいないだろう」

　お前はこの世界の者ではない。異世界からやってきた神の愛し子だ。

　エルトゥールはそう言いたかったのだろうが、優良は勿論すぐに理解することはできなかった。

「何かの、間違いです……僕が、神の愛し子だなんて……」

優良がそう言えば、エルトゥールは少し困ったような顔をした。

「だったらお前、なぜ俺の言葉がわかる？」

「え？」

「この世界の者ではないというのに、お前は俺たちの言葉を何不自由なく使うことができている。それは、お前に愛し子としての力があるからだ」

確かにそれは、優良自身もずっと思っていたことだった。

日本語と、あと簡単な日常会話程度の英語はできたが、今自分が喋(しゃべ)っているのは聞いたことがない言葉だ。

それなのに、まるで最初から全て知っていたかのように使うことができている。

けれど、だからといってエルトゥールの話を素直に聞き入れるのは難しかった。

それはそうだ。優良はこれまでなんの変哲もない、日本に住む普通の小学生だったのだ。

突然異世界で神の愛し子などと言われて、信じられるはずがなかった。

「……とにかく、お前のことは帝都に、宮殿へ連れていく」

「え……」

エルトゥールに言われ、出たのは思ったよりも不安気な声だった。

「大丈夫だ、誰もお前を傷つける人間はいない」

そんな優良の気持ちを察したのだろう。俯（うつむ）いてしまった優良の手を、エルトゥールが優しく包み込む。

ゆっくりと視線を上げると、そこには最初と同じ、優しく穏やかな眼差（まなざ）しがあった。

その瞳は真摯（しんし）で、嘘をついているようには見えなかった。

どうせ、自分に行くところはないのだ。優良が頷けば、エルトゥールが微かに口の端を上げた。


優良がいたのは、帝都からは少しばかり離れた場所だったようだ。

青々とした草原と、広大な大地を進み続けると、大きな門があった。

どうやら検問所のようだが、エルトゥールと同じような、けれどだいぶ簡易な衣装の兵士たちは、エルトゥールの姿を確認すると姿勢を正し、検問を通してくれた。

自分の父親のような年齢の大人たちまで、エルトゥールに対してそんな態度を取るのだ。

一体、エルトゥールは何者なのだろう。

そんなふうに想像しながら、街の中へ入っていくと、目に入ってきた景色に、優良は一瞬、言葉を忘れた。

「すごい……！」

ようやく絞り出した言葉は、ひどくシンプルなものになってしまった。

検問所を抜け、優良の目の前に見えたのはとても大きな都市だった。

見たこともない建物が立ち並び、たくさんの人が行き交っているのが見える。

石造りやアーチ形の屋根の建物の間には、寺院や聖堂だろうか、どこか神聖な建物がいくつもあった。

少し向こうにあるのは川か海峡だろうか、間には大きく立派な橋が見える。

きらきらと輝く都市はとにかく美しく、それまで感じていた不安を一瞬優良は忘れてしまったくらいだ。

それでも、初めて見る都市ではあるが、どこか既視感があった。

ヨーロッパの風景でも、アジアの風景でもない。

寺院のような建物はモスクのようにも見えるが、絵本で見たアラビアンナイトの世界と違うのは、西洋風の建物もあるからだろう。

まるで、東西の文化が混じり合ったような。

「イスタンブール？」

少し前にテレビで見た、世界遺産に指定されている都市の名前を呟（つぶや）く。

口にすると、しっくりきた。そうだこの景色、トルコの首都に似ているのだ。

だとすると、きっかけはわからないが、自分は異国の都市に来てしまったのだろうか。

「知っているのか？」

「え？」

優良の声は小さかったが、エルトゥールには聞こえていたようだ。

慌てて振り返れば、危ない、と身体を支えられる。先ほどまで支えられていたこともあり、ふわりと香ったエルトゥールのにおいにドキリとする。

「帝都イストブール、この大陸でもっとも大きなアナトリア帝国の首都だ」

都市を見渡しながら言うエルトゥールの声は、どこか誇らしげだ。

確かに、ここに住む者ならば、みなこの街を自慢に思うだろう。それくらい、イストブールは立派で、美しい都市だった。

「あ、いえ少し似ている都市を知っていたのですが……」

ただ、優良が見たイスタンブールとは違い、近代的なビルなどは一切存在しなければ、鉄道も見えない。

そう、少なくとも優良の知っているイスタンブールではない。では、過去の……オスマン帝国なのかといえば、それも違う気がする。ただ、どちらにせよ、

「とても、きれいな街ですね」

この都市の美しさだけは、確かなものだ。

そう言うと、エルトゥールは微笑み、優良の髪を優しく撫(な)でた。

あまりされたことがないその動作に、なぜか優良はそわそわと、落ち着かない気分になる。

「宮殿に着く前には市街地も通る。なかなか面白い風景だと思うから、ゆっくり見ながら行くか」

「ありがとうございます」

優良の言葉に、止めていた馬をエルトゥールが歩くように命ずる。

黙って少し後ろにいたサヤンも、エルトゥールに従うように馬を歩かせ始めた。

少し高台になっていた場所だったため、もしかしたらこの景色を優良に見せるためにわざわざ止まってくれたのかもしれない。

勿論、サヤンは自分の馬の様子を見ていたようだし、思い込みかもしれない。

だけど、それだけでも優良の心は温かくなった。

宮殿に着くまでの間、エルトゥールはイストブールの様子を丁寧に説明してくれていた。

東西の中間点に位置するこの土地は、様々な文化が混じり合っていること。そのため、商人がとても多く、バザールと呼ばれる市場が毎日のように開かれていること。

人種は様々だ。褐色の肌の人間が若干多いようだが、エルトゥールのように肌の白い人間も中にはいた。

あちこちに存在するドーム型や塔の形の建物はやはり聖堂ではあるようだが、モスクと

呼ばれるものではなかった。

宗教が違うということは、やはりここはオスマン帝国というわけではないだろう。

文化は近いようにも感じるが、それだって優良自身そこまで歴史に詳しいわけではないからわからない。

こんなことになるなら、もう少し世界史を学んでおけばよかった。

そもそも、先ほどのエルトゥールの話を聞く限り、ここは優良がいた世界とはまったく異なる世界ということなのだろう。

元の世界に戻る方法は、あるのだろうか。

「大丈夫か？」

「えっ？」

耳元で問われ、優良は慌てて後ろを振り返る。

「わっ」

バランスを崩しかけた優良の身体を、苦笑しながらエルトゥールが支えてくれた。

「す、すみません。ちょっと、考え事をしてしまって……」

「いや、見たこともない場所に突然連れてこられたんだ。不安に思うのが当然だ」

確かに、最初は物珍しさから街の様子を興味深く見つめていたが、落ち着いて状況を考えれば、気持ちはどんどん沈んでくる。

「とにかく、宮殿に戻って神官長に話を聞こう。当代の巫女（みこ）姫は優秀だ。お前が愛し子なのかそうでないのかも、お前のいた世界に戻れるかどうかも、すぐにわかるだろう」

「は、はい……」

優良が頷けば、エルトゥールの顔がわずかに綻（ほころ）んだ。

顔立ちが整っている分、クールで少し冷たそうに見えるが、エルトゥールの笑顔はとても優しい。

優良がこの状況で、取り乱さずにいられるのも、彼が傍にいてくれるからだろう。

エルトゥールがいれば、大丈夫。まだ出会って間もない相手に対し、そんなふうに思うのは安易かもしれないが、優良はそう思った。

＊＊＊

宮殿は、市街地を抜けた先の、広い敷地にあった。

優良は宮殿というからには西洋の城のような建物を想像していたのだが、そのイメージとは少し違っていた。

まず、宮殿の前にそびえ立つ、石造りの高い門とその壁に圧倒されてしまった。

壁は敷地を取り囲むように建てられているため、中の様子は何も見ることができない。

門の前に立つ二人の番兵は、エルトゥールとサヤンの姿を確認すると敬礼し、すぐさま扉を開いた。

そして、開いた扉の先、敷地内に入った優良は、さらに驚くことになった。

中心にある宮殿の絢爛（けんらん）豪華さは勿論のこと、それ以外にもいくつもの建物が並んでいる。

庭は公園のように広く、チューリップに似た花が一面に咲いていた。

三角の屋根の建物もあれば、白亜の建物もあり、それぞれに特徴は違うものの、不思議と馴染（なじ）んでいた。

「ラーレ宮殿だ。皇帝が住む本殿以外にも、家族が住む屋敷、聖堂や軍の待機所もある」

ぽかんと宮殿内を見る優良に、エルトゥールがそんなふうに説明をしてくれる。

「だから……こんなにも広いんですね。宮殿というより、一つの都市みたいです」

「そうだな、宮殿内にいれば大体のことは事足りる」

言いながら、颯爽（さっそう）と馬から降りたエルトゥールは、優良にも降りるよう腕を伸ばしてくれる。

恐る恐る手を伸ばすと、軽く抱きかかえられ、なんだかひどく恥ずかしくなる。

「あ、ありがとうございます……」

おそらく年齢はそう変わらないはずだが、エルトゥールは身長も高く、体格もしっかりしている。

「お前がいた国は、食糧事情が悪かったのか？」

「そ、そんなことはないのですが」

優良は身長はそこまで低くはないものの、体重は標準よりも軽い。同じ食事をしていても、翼の方が発育が良かったし、おそらく元々の体質だろう。

エルトゥールはそっと優良を地面におろすと、近くにいた兵士に馬を預け、優良の方を向いた。

「後で案内する。まずは、聖堂へ行く」

「エルトゥール様！」

同様に馬を預けたサヤンが、エルトゥールの言葉を聞くとすぐさま声をかけた。

「なんだ？」

「聖堂へ行く前に……皇帝陛下に……」

「必要ない」

サヤンの言葉を、エルトゥールがバッサリと切り捨てる。これまで、淡々としてはいたが、サヤンの言葉一つ一つに耳を傾けていたエルトゥールの態度の変化に、少しばかり優良は驚く。

驚くというよりも、違和を感じるといったところか。

口惜し気なサヤンを、思わず優良は見つめてしまっていた。けれど、それに気づいたサヤンは思い切り優良を睨みつける。

「ユラ？　行くぞ？」

ビクリと身体を震わせながらも、エルトゥールに促され、優良は石造りの道を歩き始めた。

優良の足の速さに合わせてくれているのだろう。隣を歩くエルトゥールは時折優良を気にしながらも、目的地の方へと向かっていた。

サヤンは相変わらず不機嫌そうだが、渋々といった表情でついてきている。

二人にとっては見慣れた風景なのだろうが、初めて見る建物に目を奪われがちな優良は、時折足が止まりそうになってしまう。

「大丈夫か？」

「え？」

「宮殿内はとにかく広いからな、疲れたなら少し休むか？」

「い、いえ……」

エルトゥールの言葉は嬉しかったが、まさか周囲に見惚れてしまっているとは言いづらい。

「必要ありませんよ！　きょろきょろ周りばかり見ているから遅くなるんです」

サヤンが苛立ったように二人の会話へと入ってくる。

「……そうなのか？」

「すみません……」

きまりが悪くなり、申し訳なさそうにエルトゥールを見上げる。

「それならいいが。宮殿内は広すぎて迷う者もいるからな。周りの様子が気になるのは仕方ないが、なるべくついてきてくれ」

「は、はい……ごめんなさい」

恥ずかしくなって謝ると、エルトゥールがポンっと優しく優良の頭に触れた。

そして、そのまま先ほどと同じように歩き始める。優良は遅れないよう、今度は少し早足でエルトゥールの後を追いかけた。


エルトゥールが向かった聖堂は、敷地内の奥にある、丸い屋根が特徴的な建物だった。周囲の建物よりも高く、歴史を感じさせる重みもある。

門をくぐれば、中には白い服を着た十名ほどの子どもたちが、年配の男性の話を聞いていた。

そわそわと落ち着かない様子の子どもたちには、どこか既視感があった。そうだ、四月に手を引いた入学式の子どもたちの様子に似ているのだ。

「あ、エルトゥール様！」

その中の一人がエルトゥールに気づき、声を上げる。

子どもたちによほど人気があるのだろう、その声に子どもたちの視線が一斉にエルトゥールへと集まった。

興奮する子どもたちを諫めながら、年配の男性が笑顔で自分たちのもとへとやってくる。

「いらっしゃいませ、エルトゥール様」

「仕事中に、すまない」

「とんでもない。今日は礼拝にいらした……わけではないですよね？」

男性の視線が、エルトゥールから優良へと移る。その途端、男性が大きく目を瞠った。

「エルトゥール様、もしやこの方は」

「川の中にいたのを見つけてきたんだ。俺は、神の愛し子……ではないかと思っている」

後半の声は、心なしかひそめられていた。

男性は腰を落とし、優良をじっと見つめる。

そして、皺の多い手を伸ばし、優良の顔の前まで持ってきた。

「こんな老いぼれの私でも、この方の中には光のようなものが見えます。セレンに確かめさせましょう」

そう言った男性の瞳は、穏やかで優しいものだった。

男性に促され歩き始めると、その道すがら、エルトゥールに彼が神官長であること、この国の神であるシャリームについて説明された。

このあたりの地域のほとんどはシャリームを信仰しているが、遠い国ではまったく別の神を信仰しており、過去にはそれが原因で大きな戦争になったこともあるそうだ。

けれどアナトリアは、そういった過去の反省も兼ねてシャリーム以外の神を信じる民への迫害は禁じているのだという。

「とても……寛容なんですね」

優良の住む日本にはあまり縁がなかったが、宗教を巡る戦争の火種は未だ残っていた。

「数代前の皇帝が、他の神を信仰する人間に助けられ、信仰の自由を認めたんだ。とはいえ、シャリームを信仰していた方が税も安いし、途中で改宗する人間もいるけどな」

なるほど、信仰に自由があるが全てが平等というわけではないようだ。

そこでふと、先ほど神官長の口から出た名前を思い出す。

「あの、セレンさんというのは……」

「ああ、セレンは」

「エルトゥール様！」

可愛らしい、高い声が聞こえ、優良はエルトゥールから声のした方へと視線を移す。

気づかなかったが、すでに目的の部屋まで来ていたようだ。

エルトゥールの名を呼んだのは、光の入る、キラキラとしたステンドグラスが張り巡らされた大きな部屋の中央にいた女性のようだ。

長い金色の髪に、碧色(へきしょく)の瞳、白いドレスを纏った美しい女性が笑顔で自分たちのもとへと駆け寄ってくる。

「セレン、仕事中に悪いな」

「とんでもありません。今日は、礼拝にいらしたのですか？」

嬉しそうに話しかける女性に対し、心なしかエルトゥールの表情も柔らかい。

それだけで、二人の間が親しいことがわかる。

「いや、そうじゃなくて……」

「セレン、お前に見て欲しい方がいる。愛し子様、こちらはセレン。当代のシャリームの巫女姫です」

神官長に言われ、セレンの視線が優良の方へ向く。

「愛し子様？」

セレンは興味津々といった様子で腰を屈(かが)め、優良の目線にあわせてくれる。

「伝承によれば、愛し子様は少年か少女の姿で現れるそうです。少しばかりお小さい気もしますが……」

「服装や本人の言っている言葉からも、この大陸の者ではないようなんだ。見てもらえるか？」

「勿論です」

言いながら、セレンは先ほどの神官長と同じように、その美しい手を優良の額へと掲げる。

優良がドギマギしながらその手を見つめていると、

「……え？」

セレンの手が近づいた瞬間、優良の額にある橙の小さな痣が、柔らかく光り始めた。

これは、セレンの力なのかと、優良は驚いてセレンの方を見る。

神官長もエルトゥールも驚いているようで、呆然と二人を見つめていた。

「巫女といいましても、私自身に特別な力があるわけではありません。ただ、その方の持つ本来の力を見極めることはできます。額の印は愛し子の証。この光は、シャリームが愛し子様を守る光」

「それではやはり……！」

興奮した様子で神官長が言えば、セレンはすくと立ち上がり、ドレスの端を持ち頭を下げた。

「お待ちしておりました、愛し子様、アナトリア帝国の民は、心より歓迎いたします。神官長様、愛し子様がご降臨なさったと、皇帝陛下にお伝えください」

「ああ、勿論」

神官長は、エルトゥールと優良に一礼をすると、早足で部屋の外へと向かっていく。振る舞いこそ落ち着いてはいるが、その表情は嬉しそうだ。

「そうか……ユラはやはり、愛し子だったか」

様子を見守っていたエルトゥールの呟きに、優良は弾かれたように隣を見る。

優良自身はまったくピンときてはいないが、神官長とセレンの様子を見るに、愛し子というのは待望されていた存在であるはずだ。

けれど、エルトゥールの表情はどこか冴えない。

「ギョクハン様も、お喜びになりますわね」

「そうだな……」

セレンに話しかけられても、言葉こそ返しているがどこか複雑そうだ。

「愛し子様、皇帝陛下との謁見前に、身なりを整えましょう。その衣装は素敵ですが、今は雨期ですし、気温を考えると少しお暑いのではないでしょうか？」

「は、はい……」

一応、ブルゾンとマフラーは川の中から助け出された時に脱がされたようだが、それでもズボンもセーターも厚着であるため、少し暑さは感じていた。

「エルトゥール様、愛し子様のことは私どもに任せてください」

「……わかった、よろしく頼む」

「えっ？」

もしかして、ここで別れることになるのだろうか。確かに、先ほどエルトゥールは優良を聖堂へと連れていくと言っていた。そう考えると、役割は終えたことになるだろう。

不安から、咄嗟に声に出してしまった優良に、エルトゥールはわずかに驚いたような顔をしたが、すぐにその頬は緩んだ。

「後で、玉座の間で会おう」

優良の気持ちを察したのか、安心させるようにそう言ったエルトゥールに、優良は笑顔で頷く。

「え……？」

けれど、それに対し今度はセレンが疑問を口にする。先ほどのまでの笑顔とは違い、少しばかりその表情は引きつっているようにも見える。

「問題ないだろう、俺にも権利はあるはずだ」

「は、はい……勿論です」

セレンの言葉に頷くと、エルトゥールはもう一度優良に視線を向ける。

「また後でな、ユラ」

「はい」

エルトゥールが口の端を上げ、優良の頭を優しく撫でる。そして、そのまま部屋を退出していった。

セレンは、そんなエルトゥールの背中をしばらく見つめ続けていた。眉間(みけん)には微かに皺が寄っていて、悔しいような、哀しいような、そんな表情をしていた。

……セレンさん？

物憂げな表情が気になった優良がその横顔を見つめていると、優良の視線に気づいたのか、すぐに笑顔になったセレンが別室へと案内してくれた。

その笑顔は出会った時と同じ、優しく美しい笑みではあったが、だからこそ先ほどエルトゥールに向けていた表情が印象に残った。

ゆったりとしたズボンに、銀の刺繍が入った青色の上衣。

絹で出来ているのだろう。どの衣装も肌触りがとてもよい。

さらに、聖堂に仕えている女性たちにより、ショールのような薄手のレース地の被(かぶ)り物を髪へとつけられた。

髪留めをされ、前髪を上げられたため額の痣がよく見えるようになった。

前髪は長めであったため、すっきりしてしまった額が落ち着かない。

優良は、異国の王族のような衣装を纏った自分の姿を鏡で見つめる。

馬子にも衣裳。そんな単語が頭を過る。

「とてもお似合いですよ」

用意ができたと知り部屋へと入ってきたセレンが、笑顔で優良を見つめる。

「先ほどは気づきませんでしたが、愛し子様の瞳、大きくてとても美しいのですね」

「あ、ありがとうございます……」

優良の顔は決して悪くはないが、かといってセレンやエルトゥールのように抜きんでて美しいわけではない。

弟の翼が華やかな顔立ちをしていたのもあり、容姿には密かにコンプレックスを感じていた。

さらに、全体的に小ぶりな顔立ちをしていることもあり、ひときわ大きな目だけ目立ってしまっていたため、それが嫌で前髪を下ろしていたのもあった。

だから気を遣ってくれているのだとは思うが、セレンの言葉は嬉しかった。

「さあ、参りましょう」

「は、はい」

セレンが優しく背を押してくれ、優良はゆっくりと歩き始める。

はっきりいって、未だ自分が神の愛し子だという実感はまったくない。

ただそれでも、自分の今の状況を確認するためにも、皇帝には会わなければいけないようだ。

――大丈夫だ、誰もお前を傷つける人間はいない。

先ほどの、エルトゥールの言葉を思い出す。

とにかく今は、彼の言葉を信じよう。そう思った優良は顔を上げ、ゆっくりと足を進めた。

＊＊＊

天井には、エキゾチックなドーム型のランプがいくつも吊るされている。明るい時間帯の今でも、光を反射してきらきらと輝きを放っているのだ。夜になれば神秘的な美しさになるのだろう。

玉座の間は、さすが皇帝の間だけあり、部屋の装飾のすべてが凝っていた。幾何学模様の壁紙、高い天井からは宝石の吊るし飾りがゆらいでいる。王座の後ろには、アナトリアの国旗なのだろうか、三日月の旗が掲げられていた。

昔映画館で見たアラジンの、ジャスミンの住んでいる宮殿をなんとなく思い出した。勿論、映画の世界よりもだいぶ近代的になってはいるが。

玉座の間に足を踏み入れた時、てっきりもう皇帝がいるのかと思ったが、部屋には召使の女性が控えているだけだった。

目の前にある玉座は金と赤のゆったりとした椅子で、煌びやかだが、まだ椅子は空席のままだ。

緊張を紛らわそうと、そんなふうに部屋を見渡している優良は、隣に立つエルトゥールをこっそりと見上げる。

優良の視線に気づいたエルトゥールは、微かに笑んではくれたが、先ほどまでとは違い、その表情はどこかぎこちない。

元々エルトゥールは饒舌ではないのだろうが、玉座の間に近づくにつれ、ますますその口は重たくなった。

エルトゥールが通るたびに頭を下げる宮殿の者や、サヤンの態度を見るに、エルトゥール自身かなり身分が高いのだろう。

そんなエルトゥールでも、皇帝の前というのは緊張するのだろうか。

「頭をお下げください、陛下がいらっしゃいます」

背後にいたセレンの声に、エルトゥールが膝をつく。

その時エトゥールが、自分と同じようにするよう目配せをしてくれた。

優良も慌てて、エルトゥールを真似るように片膝をつき、頭を下げる。

下げた目線の先、ゆっくりと玉座へ向かう足が見えた。

軍靴なのか、大きく、しっかりとした靴だった。

アナトリア帝国についてはほとんど知らないが、この大陸でもっとも大きな国であることと、首都の様子を見るに、豊かな国であることはエルトゥールの話を聞いていてわかった。

貧富の差はあれど、身分制度は過去のものだった優良にしてみれば、今更ながらに緊張で心臓の音が速くなる。

どうしよう、何か機嫌を損ねることがあれば、殺されるのかな……。

歴史が好きな優良にとって皇帝といえば、名君か暴君のイメージが強い。もし、自分が機嫌を悪くさせてしまったら。そう考えると、自然と身体が震えてきた。

その時、すっと横から手が伸びてきて、優良の震える片方の手を握りしめてくれた。

顔は上げずに目線を横に向ければ、伸びてきた手がエルトゥールのものであることがわかる。

大丈夫、心配するな。そう言われているようで、優良の身体の震えは止まった。

落ち着け、エルトゥール様やセレンさんの話からすると、皇帝は暴君ではないはずだ。

ゆっくりでもいいから、きちんと自分の言葉で説明するんだ。

優良が落ち着いたことがわかったのだろう、エルトゥールの手はいつの間にかなくなっていた。

「顔を上げよ」

その時、皇帝の声が優良の耳にしっかりと聞こえてきた。

低く、威厳のある声だが、決して不快な声ではなかった。幼い頃から、周りの大人の顔色を窺ってきた優良は音には敏感だ。

皇帝の声には、不快感は混じっていない……大丈夫。

そう思った優良は、ゆっくりと顔を上げ、玉座に座る皇帝を見つめた。

そこにいたのは身体の大きい、見るからに立派な男性だった。

身体が大きいといっても余計な肉は一切ついておらず、衣装の上からでも鍛え上げられた強靭な身体であることがわかる。皇帝というよりは、まるで軍人のようだ。強面ではあるが、顔立ちも整っている。

「お前が神の愛し子か」

問われ、ギクリとする。セレンにはそう言われたものの、優良自身はまだ自分が愛し子であるという自覚などない。

だから、正直に答えることにした。

「わかりません」

「……わからない？　なぜだ」

「僕は、いえ私がこの国の人間でないことは確かですが、神の愛し子と呼ばれる存在だとはとても思えないからです」

緊張はしたが、皇帝の言葉に怒りは含まれていなかったため、しっかりと優良は返答することができた。

「セレン、どういうことだ?」

皇帝が、横に控えているセレンに問う。

「まだ、この世界にいらしたばかりで困惑されているのだと思います。彼からは、愛し子様の力がはっきりと感じられました。とても優しい光です」

「それなら……」

「じゃあ、その力を証明してみろ」

皇帝の言葉を遮ったのは、聞いたことがない、第三者の声だった。

慌てて声のした方を見つめてみれば、そこには二人の男性が膝をついていた。男性といっても、どちらもエルトゥールとほとんど変わらない年齢だった。

二人の隣には、華やかなドレスを纏った女性が立っていた。

年齢的に母親だろうか。美しいが、その表情はどこか冷たく感じた。

「ギョクハン」

諌めるような皇帝の声をものともせず、声を発した青年は立ち上がると、堂々とした足取りで優良のすぐ目の前までやってくる。

金色の髪に、深い碧色の瞳。エルトゥールとはタイプが違うが、かなりの美形だった。

長身で足が長く、身体つきはしっかりしている。

ギョクハンと呼ばれた青年は、腰を屈めると首を傾げ、優良の顎にぐいと手を伸ばした。

顎を摑まれ、半ば強引に顔をギョクハンに向けさせられる。

「……普通だな。不細工じゃないが、特に美しくもない」

それは、自分の顔のことを言っているのだろうか。当たってはいるが、さすがに面と向かって言われると少し傷つく。

「ああでも、目は悪くないな。睫毛も長いようだし……」

「やめろ、ギョクハン」

そのまま言葉を続けようとするギョクハンに苦言を呈したのは、エルトゥールだった。

それにより、ギョクハンの手が優良の顎から離れた。

「なんでお前がここにいる」

それまで視界に入っていなかったのだろうか。エルトゥールの姿を確認すると、ギョクハンがその眦を吊り上げた。

対してエルトゥールは涼しい顔で視線を逸らしたが、ギョクハンは睨み続けている。二人に挟まれる形になった優良は、ハラハラと状況を見守ることしかできない。

「いい加減にしろ、ギョクハン」

皇帝が諫めるように声を出すと、ようやくギョクハンは優良から距離をとり、膝をついた。

「外見を見る限り、この者は確かにこの国の人間ではないようです。白くも黒くもない肌の色は勿論、髪と目の色まで漆黒、大陸では見たことがありません」

先ほどまでの礼に欠けた行為が嘘のように、理路整然とギョクハンは言った。

粗野な印象があったが、よく見ればどことなく品がある。

そういえば、ギョクハンという名は先ほどセレンの口からも出ていた。

「ええ、ですから彼は神の愛し子で……」

「だったら、一体何の力を持っている」

その言葉は、セレンと、そして優良に対して向けられていた。

確かに、優良は先ほどセレンから愛し子の力があるとはっきりと言われた。けれど、その力がどんなものであるのかは、具体的に何も聞いていなかった。

「あの……力というのは……」

皇帝の御前で、勝手に喋ることに少し抵抗はあったが、優良はセレンに問うた。

「聞いてないのか？　異世界より使わされた神の愛し子は、この国に繁栄をもたらすためになんらかの力を有していた。植物を急速に育てることができる者、火や水を操る者、動物や鳥と話せる者、内容は千差万別だが、それは共通していた」

優良の瞳が大きく見開く。そんなことは、まったく聞いていなかった。

「それで？　どうなんだ巫女姫？」

優良に聞いても仕方がないと思ったのだろう。ギョクハンがセレンへと視線を向ける。

ギョクハンだけではない、その場にいる者はみなセレンの方を向いた。

「その……わかりません……」

セレンの口から出たのは、心もとない言葉だった。

「わからないだと？」

さすがに驚いたのだろう。みなの話を黙って聞いていた皇帝が口を開いた。

「はい。愛し子様の身なりを整える時に、調べさせていただいたのですが、力は確かにあるのですが、それが何であるのかはわかりませんでした。歴代の愛し子様は、力を出す場所に印を持っていることが多かったそうなのですが、今回の愛し子様は額ですし……」

「額から花でも出すのか？　お笑い草だな」

吐き捨てるように言うと、ギョクハンはもう一度皇帝の方を向いた。

「父上、巫女姫の能力を疑うわけではありませんが、俺はこの者が神の愛し子であるとはとても思えません。能力も何も持たない、ただの子どもです」

「皇子の言う通りです、何かの間違いではないですか？」

ギョクハンの言葉に、これまで黙っていた壁際の女性がようやく口を開いた。

なんとなく予想はしていたが、やはりギョクハンは皇帝の息子で、この国の皇子のようだ。

「陛下、間違いではありません！　この方は確かに愛し子様で」

「だったら、なんで何の力も持たない！　伝承とまったく違うだろう⁉」

セレンは懸命に優良を愛し子だと主張してくれてはいるが、優良にしてみれば、愛し子だと言われても負担に感じていたこともあるため、心のどこかでホッとしてしまった。

「力ならあります！　ただ、それが出せていないだけです」

「ふざけるな。これまでの愛し子はその日のうちに力を示し、この国の民を驚かせた。……こいつは、愛し子なんかじゃない」

ギョクハンの鋭い視線が、優良へと向けられる。けれどその視線から感じたのは、単純な憎しみではなかった。

むしろ、どこか悔しそうな、そんな表情だった。

「あ、あの……」

とにかく、自分が何か言葉を発しなければ、この場は収まらないだろう。

「確かに、僕はこの世界の人間ではありません。だけど、神の愛し子だなんて、そんな特別な存在だとは、とても思えないです……」

「父上、本人もそう言っております。何かの間違いだとしか思えません」

優良の言葉に重ねるように、ギョクハンが言い募る。

「私もそう思いますわ。愛し子は他にいるはずです。おそらく、この者は間違ってこの世界に来てしまったのでしょう」

さらに女性がそう言ったため、何か言いかけたセレンも押し黙ってしまう。

言われている言葉はその通りで、実際、優良はどうして自分がこの世界に来てしまったのかわからない。

それこそ、何かの間違いなのかもしれない。

ただ、だとしても、自分はいらない存在だとはっきり口にされると、心が抉られるような気分になった。

この世界においても、やはり自分は厄介者でしかないのかと。

「もし……間違いだったとしたら、僕は、元の世界に帰れるのでしょうか？」

気落ちした声ではあったが、優良の言葉にその場がシンと静まり返る。

「愛し子様が、ご自分の世界に帰ったという記録はありません。方法が、ないこともないのですが……」

セレンは、あくまで優良を愛し子だと主張しているが、優良が気になったのはそこではなかった。

「どんな方法、なんですか？」

「生死の淵を彷徨えば、もしかしたら……けれど、それだって確かではありません」

とても言いづらそうなセレンの話に、さすがの優良も言葉を失う。

生死の淵を彷徨うということは、死ぬ可能性も十分にあるということだ。

「でも、新たな愛し子を迎えるためには、この者を元の世界に返すしかないのでは？」

「そんな……！」

顔色を悪くする優良に、真っ赤な唇の女性が楽し気に言う。

生死を彷徨うという話を知ってもなお、そんな提案を軽々とする女性を、優良は心底恐ろしいと思った。

「皇帝陛下、信じてください。この方は愛し子様です。今は確かに目に見える力はありませんが、こんなに強い光を持った方は、愛し子様以外に考えられません。必ず、この国を良い方向に導いてくれるはずです」

必死に言い募るセレンに対し、皇帝はゆっくりと瞳を閉じる。

優良の処遇の判断は、皇帝へと委ねられたのだろう。

静まり返った玉座の間、皇帝の言葉をみなが待った。

ようやく目を開けた皇帝は、目の前に座る優良の顔をじっと見据え、その横のエルトゥールに対してもちらりと一瞥した。

「巫女の言葉を信じよう」

「な……！」

「ありがとうございます、皇帝陛下」

ギョクハンは顔を歪め、セレンは深々と頭を下げた。

エルトゥールの様子を見ようと優良が横を向けば、ちょうど視線が合った。

どこか苦し気だった表情が、優良と視線が合ったことで柔らかくなる。

言葉こそ発してはいないが、エルトゥールは優良の味方だということがわかる。

気持ちが、少し勇気づけられた。

優良自身は、別に愛し子になりたかったわけではない。

けれど、偽の愛し子だと決められた時には殺されかねない、そんな雰囲気は感じていた。

「さて愛し子殿、名前はなんという？」

「は、はい。宝生優良、優良と申します」

「ユラか……良い名だ。こちらの言葉では、松明（たいまつ）という意味だ。どうかお前の力で、この国を照らして欲しい」

「は……はい」

最初は恐ろしく思えたが、皇帝の声は穏やかだった。

だから、優良も少しだけ身体の力を抜くことができた。

「次にユラ、神の愛し子であるお前には、皇子の中から伴侶（はんりょ）を選んでもらわなければならない」

「……え？」

力が抜けてしまったのだろう、皇帝の言葉に対して出たのは、呆けたような言葉だった。

「これまでの愛し子はみな皇太子の妃となり、将来的には皇后になった。愛し子を伴侶にした皇帝の治世は安寧と発展が約束されているからだ」

滔々と、当然のことのように言う皇帝に、周りの人間が異論を挟むことはない。

「ちょ、ちょっと待ってください……！　妃って、僕は男ですが」

「最初の愛し子は女だったが、歴代の愛し子の中には勿論男もいた。元々、この国は同性愛に寛容ではあったが、それをきっかけに同性間での婚姻が許されるようになった」

確かに、セレンは愛し子は少女か少年だと言っていた。けれど、こんな話は勿論聞いていない。

「子どもは、どうするのですか？　皇帝には、世継ぎが必要では」

「宮殿にはハレムも存在するが、神の愛し子を伴侶にした者は愛し子以外に心を移すことは禁忌とされてきた。次代は、他の皇子が産んだ子どもの中から選ばれる」

ハレム……確か、女性がたくさんいる場所。ということはアナトリアには側室制度のようなものがあるのだろう。

けれど、愛し子と婚姻を結んだ者はそれを持つことすら許されない。

それだけこの国にとって愛し子が大切な存在であることはわかるが、そう言われるとますます優良は萎縮してしまう。

「ただ、私はまだ皇太子を誰にするか決めていない」

「え？」

「だから、最初にお前がこの国に降臨したと聞いた時、お前を妃にした者を皇太子にしようと思っていた。だが……」

「俺は反対です！」

皇帝の言葉を遮るように、ギョクハンが声を大きくした。

「そもそも、この者が愛し子であるとまだ決まったわけではありません。少なくとも俺は認めない」

「つまり、ギョクハンはユラを妃には望まないと？」

「はい。偽の愛し子の妃など、俺には必要ありません」

偽の愛し子。ギョクハンの言葉に、優良の心は鋭い痛みを感じた。

偽の子ども、厄介者、あの家庭において、それは優良自身がずっと思ってきた言葉だからだ。

「わかった。……カヤン、お前はどうだ？」

皇帝が、壁側にいる少年の方へと目を向けた。

先ほどからなんの言葉も発していなかったが、どうやら彼も皇子だったようだ。

背丈や顔立ちを見ればまだ幼く、エルトゥールやギョクハンよりも若そうだ。

とはいえ、優良よりは勿論年上ではある。

自分に話が振られるとは思っていなかったのだろう。困ったように視線を動かしたカヤンと、ちょうど目が合った。

「え……？　俺、ですか？」

優良が困ったように愛想笑いを浮かべれば、カヤンは驚いたように何度か瞬きをし、思いきり顔を顰めた。

「お、俺だって必要ありません！　こんな地味なやつ！」

カヤンはそう言うと、思いきり顔を横に背けた。確かに、二人の兄ほどではないがカヤンも十分美形といわれる顔立ちである。そんなカヤンにしてみれば、優良の顔は地味に感じるだろう。

ただ、先ほどのギョクハンといい、この国の皇子というのは失礼な人間しかいないのだろうか。

自分の顔立ちはどれほどのものであるかはわかっているし、いちいち傷ついたりはしないが、やはり気分がよいものではない。

「二人とも、望まぬか……」

皇帝の表情は、どこか気落ちしているように見えた。

「陛下、彼にはとりあえずハレムでお過ごしいただくのはいかがでしょう。ハレムには、まだ小さな皇子たちもおりますし、数年すれば、もしかしたら気に入る者も出てくるかもしれません」

そんな皇帝に対し、ギョクハンとカヤンの傍に立つ女性が笑顔で声をかけた。

豪奢(ごうしゃ)な服装、この場において皇帝に意見ができる立場、そして自らがハレムの主だと言わんばかりの振る舞い。

一体、この女性は……。美しいその女性を、なぜか優良はとても恐ろしく感じた。そして、優良のことを一度も愛し子だと言っていない女性は、おそらくギョクハンと同様に優良を愛し子だと認める気はないのだろう。

セレンを見れば、表情は強張っており口を出すことができないようだ。

おそらく、この場で口を出すことができるのは皇位継承権を持つ皇子たちだけだろう。

皇帝は女性の言葉も一理あると思ったのか、もう一度優良の方を向いた。

「そうだな、当面のところは」

「……お待ちください」

皇帝の言葉は、途中で遮られた。優良のすぐ横に座るエルトゥールによって。

「愛し子、いえユラのことは俺が面倒をみます。ユラは……俺の妃にします」

「え……」

優良が呟くと、一瞬エルトゥールが視線を預けてくれた。

それまで苦々しい表情をしながらも、エルトゥールは黙って状況を見守っていた。時々、優良を気遣うように見てくれてはいたが、特に口を開こうとはしていなかった。

それは、身分の高いエルトゥールでも、皇帝に意見するのは難しいからだと思っていた。けれど。

「お前が、神の愛し子を娶るというのか？」

「はい。俺にも、その権利はあるはずです」

エルトゥールは真摯な表情で皇帝を見つめていた。皇帝は、そんなエルトゥールの言葉にひどく驚いていたようだった。けれど、エルトゥールの真剣な眼差しに思うところがあったのだろう。

「……わかった。それなら」

「お待ちください」

皇帝の言葉は、再度途中で遮られた。今度はエルトゥールではなく、ギョクハンによって。

「どういう風の吹きまわしだ？　お前、言ってたよな？　皇帝位には興味がない、自分は絶対に皇帝になんてならないって」

怒りを帯びた瞳で、ギョクハンがエルトゥールを強く睨みつける。

「ああ。それに関しては、今もその気持ちは変わらない」

「だったら、なんで愛し子を妃にしようとする？　どう考えても、皇太子の地位を狙ってのものだろう？」

「……神の愛し子だとは認めないと、言っていたのはお前自身だったと思うが？」

エルトゥールが言い返せば、ギョクハンが眉間にくっきりとした皺を寄せる。

「その通りだ。俺はこいつを愛し子だなんて認めない」

ギョクハンの視線が、エルトゥールから優良に向けられる。

「皇帝になれない軟弱な皇子と、力のない出来そこないの愛し子。お似合いなんじゃないか？」

「ギョクハン……、そのくらいにしておけ」

さらに口を開こうとするギョクハンを、皇帝が諫める。

「アナトリア帝国皇帝・カラハンの名のもとに、神の愛し子、ユラはエルトゥールの妃とする。ただし、皇位継承に関しては保留にする。……それでいいな？」

「はい、ありがとうございます」

エルトゥールは皇帝の言葉を、二つ返事で受け入れた。

愛し子を妃に迎え入れたとはいえ、皇位継承権に直接結びつかないことから、ギョクハンも異論がないようだった。

一体何が起きているのか。呆然とする優良を、気遣わしげにエルトゥールが見つめ、小さく微笑んだ。

優良も、なんとなく微笑み返す。そして、そんな二人を強張った表情で見つめ続けているセレンに、優良は最後まで気づくことはなかった。

3

玉座の間から出れば、あたりはすでに暗くなりかけていた。

まだ宮殿に着いた頃は日が高かったはずなので、随分長い時間が経っていたようだが、優良にはあっという間に感じた。

この数時間で起きた自分の身の回りの変化に、未だに頭が追いついていないのだ。

川に引き込まれ、連れ込まれたのは時代も国も、何もかもが違う場所。いや、時代どころか、ここは優良の生きてきた世界とはまったく違う世界だ。

そして、唯一わかっているのは、元の世界に戻れる可能性は限りなくゼロに近いこと。

一体、自分はこれからどうなるのか。どうすればよいのか。

考えれば考えるほど、気が滅入ってくる。自然とため息をつけば、頭上から優しい声が聞こえた。

「……大丈夫か？」

「あ……」

隣を歩いていたエルトゥールが、心配気に優良を見つめている。

薄暗い中でも、その表情はとても美しい。

「あ、はい。大丈夫、です……」

「色々あったからな、お前も疲れているだろう。屋敷まではもうすぐだ、帰ってはやく休もう」

「ありがとうございます」

そう言うとエルトゥールは優良の肩を優しく抱き、先を急ぐよう促す。

ハッとして横を向くと、

「悪い、今だけ我慢してくれ」

と、なぜか申し訳なさそうに言われてしまった。おそらく、優良が身体に触られることを厭うたのだと思ったのだろう。

「い、いえそうではなくて。……少し、驚いただけです」

慌ててそう言えば、エルトゥールは安堵の表情を浮かべた。

「そうか、よかった」

同性の優良から見ても、エルトゥールは見惚れてしまうほどの美形なのだ。

そんなエルトゥールに触れられると、そわそわと落ち着かない気分になってしまう。

「お前の姿は、この国では目立つ。なるべく早く、俺の妃であることを周知させたい」

確かに、先ほどから幾人もの人とすれ違い、そのたびにみなエルトゥールに道を譲っていくが、優良のことは物珍しそうに見ていた。

謁見した時の皇帝以外の反応を思い出しても、神の愛し子といっても、何の力も持たない優良はあまり歓迎されてはいないようだ。

だからこそ、エルトゥールは優良を守るためにも、自身の近しいものであるということを強調してくれているのだろう。

「はい、ありがとうございます……」

嬉しいが、なんだかとても申し訳がない。気落ちした声を出した優良を、エルトゥールは不思議そうな表情で見つめていた。

ラーレ宮殿内にあるエルトゥールの屋敷は、皇帝の住む宮殿からは少し離れていたが、自然に囲まれた静かな場所にあった。

白亜の壁には細やかな細工が施されており、明るい場所で見ればさらに美しく見えるだろう。

「すまない」

「え？」

エルトゥールの言葉に、優良は小さく首を傾げる。

「あまり、大きな屋敷ではなくて」

けれど、その後に続いた言葉に、優良は慌てて首を振った。

「とても、素敵なお屋敷だと思います……！　庭も、とてもきれいですし」

大人びているとはいえ、年齢的にはまだ幼い優良は、こういう時にどんなふうに言えばよいかわからない。

ただ、エルトゥールの屋敷は優良の家の何倍もの大きさがあったし、小さいだなんて思いもしなかった。

だから、一生懸命自分の言葉でそれを伝えようとする。

エルトゥールは「そうか」と、少しだけ嬉しそうな顔をして、そのまま優良を屋敷の中へと案内してくれた。


食事と湯浴(ゆあ)みを終えた優良は女官に案内されたエルトゥールの私室の片隅に、心もとなく座っていた。

あまり高さのない寝台に、寒い時期に使うであろう暖炉、見事な文様の絨毯(じゅうたん)の上には、花の模様の敷物が敷かれている。

壁にかけられた時計もそうだが、アナトリアの物は壁から何から一つ一つの文様がとても細かく素晴らしかった。

ただ、それを見れば見るほどここがまったく別の世界の、別の国であることも実感する。

……帰る方法、ないって言ってたよね。じゃあ、もうここで暮らしていくしかないのかな。

一人になると、改めて今自分が置かれた立場を考えてしまう。

言葉はなんとか通じるものの、ここは今まで生きてきた平和な日本とはまったく違う。元々歴史が好きな優良は、数年前に両親から買ってもらった世界の歴史の漫画だって、全部読んでいた。

奴隷制や身分差別とか……多分、戦争だってあるよね。

優良のいた世界にも、絶対君主といわれる王様は存在した。けれど、アナトリアにおける皇帝のように絶対的な権力を持ってなどいなかった。

おそらく、人の命の重さも現代に比べるととても軽い。それは、優良に対するギョクハンの物言いを聞いただけでもわかる。

ギョクハンだけではない、おそらくギョクハンの母、皇后であるあの女性も、優良の命をとても軽く扱っていた。

あの時、エルトゥールが自らの妃にすると口にしてくれなければ、自分は一体どうなっていたのか。

考えただけでも恐ろしく、優良はその身を震わせた。

怖い怖い怖い――――。どうして、自分がこんな目に……。一体、自分が何をしたというんだ。

あまりにも心細くて、涙が溢れてくる。

「遅くなって悪かった。……ユラ？」

ちょうどその時、重厚な扉が開き、部屋の中にエルトゥールが入ってきた。

「あ……」

優良の表情を見たエルトゥールが、驚いたような顔をする。

なんともタイミングが悪い。泣き顔を見られたことが恥ずかしく、優良は懸命に目を擦るが、涙は止まりそうになかった。

その間にエルトゥールは優良のすぐ隣まで来ると、そっとその身体を抱きしめてくれた。

「悪い、一人にしてしまって。心細かったな」

エルトゥールの言葉に、優良は慌てて首を振る。

「い、いえ……」

泣いているせいか、くぐもった声でそう言えば、頭上にあるエルトゥールが小さく息を吐いた。

「誰も知る者がいない世界に、たった一人で迷い込んでしまったんだ。不安になって当たり前だ」

泣くのは恥ずかしいことではないと、そう言われているようだった。優良の心に、温かいものがこみあげてくるが、涙は止まることはなく、さらにポロポロと零れ落ちてくる。

「ごめんなさい……」

瓦解したように、止まらなくなってしまった涙。優しい言葉をかけてもらっているのに、どうして涙が溢れてくるのだろう。

「気にするな。……ずっと、我慢していたんだろう、よく頑張ったな」

エルトゥールは優良の涙が止まるまで抱きしめ続けてくれた。

温かい腕と、微かに香る花の香に、少しずつ優良の心も落ち着いていく。

エルトゥールの腕のぬくもりを、自分は忘れることはないだろうと、そう思った。


ようやく落ち着くと、エルトゥールは優良に飲み物を渡してくれた。

きれいな容器にいれた水と黒い粉を直接火にかけ、カップに注いでくれるそれは、見た目もにおいも優良の知っているコーヒーとよく似ていた。

「カフヴェスィだ、熱いと思うから、気をつけて飲め」

優良は、コーヒーといってもコーヒー牛乳くらいしか飲んだことがない。見るからに苦そうな見た目にほんの一瞬躊躇したが、せっかく淹れてくれたのだからと、口をつけた。

「……美味しい」

カフヴェスィといわれた飲み物は、優良が想像していたよりずっと甘かった。

一口目はわずかに残る粉の舌触りに違和感があったが、それも飲んでいるうちに気にならなくなった。

「気に入ったならよかった、エミネにも言っておく。あいつは俺より上手く淹れてくれるからな」

エミネというのは最初に紹介されたこの屋敷の女官長で、かつてはエルトゥールの乳母も務めていたのだという。

恰幅（かっぷく）のよい、笑顔の優しい女性で、エルトゥールが自身の妃だと紹介した優良に対して驚きつつも、丁寧に接してくれた。

「異国の方でしょうか？　可愛らしいお妃様ですね」

宮殿内ですれ違った者のほとんどは、優良のことを物珍しそうに、悪く言えば見世物のように見つめていた。

けれどエミネの視線からはそういった思惑はまったく感じられなかった。

少しの好奇心と興味、けれどそれ以上に深い慈愛の念を感じた。

エミネとエルトゥールのやりとりを回想したことにより、優良は現在自分が置かれた立場を思い出す。

「あ、あの……」

「なんだ？」

エルトゥールも、同じ模様のカップでカフヴェスィを飲んでいる。

「その……ありがとうございます。あそこで、エルトゥール様が僕を妃にすると言ってくれなければ、大変なことになっていましたよね……」

優良の言葉に、エルトゥールが驚いたような顔をする。

「どうしてそう思うんだ？」

「ギョクハン様は、僕を愛し子だとは認めたくないようでした。そして、おそらく一緒にいた女性……皇妃様も。僕の存在は邪魔なはずです。それこそ……殺されていた可能性もあるのではないでしょうか」

敷き布に座り、正座をしたままの優良の手に自然と力が入る。半信半疑ではあったが、これまでの状況を見る限り、おおよそ外れてはいないはずだ。

「驚いたな……あの状況で、そこまで判断できていたのか。今後のこともあるし、誤魔化しても仕方がないからはっきり言うが、ユラの言う通りだ。あのままギョナム皇妃の言うようにハレムに入った日には、命が狙われた可能性は十分にある。しかも、巧妙なやり方で事故に見せかけてな。この国は皇帝のものだが、ハレムの支配者は、ギョナム皇妃だ。男である俺は基本的には立ち入れないし、あのまま黙っていればお前を守りきれないと思ったんだ」

わかっていたこととはいえ、エルトゥールの言葉に背筋がひやりとする。秘密裏に殺されてしまうなど、平和な現代日本で生きてきた優良にとっては、想像もつかない世界だ。

「大丈夫、この宮殿にはさすがにギョナム皇妃の手は伸びない。お前のことは、俺が守る」

　優良の表情から不安を感じ取ったのだろう。エルトゥールが優良の瞳を見つめ、しっかりと口にした。

　物語の王子様のように凜々しい少年に言われ、思わず優良は赤面してしまう。

「あ、ありがとうございます。だけど……本当にいいんでしょうか」

「何が？」

「皇帝陛下が、神の愛し子を妃に選ぶと、他に妃が持てないと言っておりました。もし、エルトゥール様に他に好きな方がいたら……」

　自分のせいで、エルトゥールは妃が持てなくなってしまう。さらに、この国は地位の高い者は多くの人間を囲い込むことができるはずだ。けれど、神の愛し子を妃にしてしまった場合、それはおそらく認められない。

　エルトゥールの人生の選択肢を奪ってしまったようで、優良は申し訳がなくてたまらなかった。

「ああ、そんなことか」

　優良の言葉に、エルトゥールはなんでもないことのようにそう言った。

「俺は元々、妃を迎えるつもりはなかった。もし迎えるにしても、皇帝から政略結婚で押しつけられるのが関の山だ。俺は、お前を助けられてよかったと思う」

「エルトゥール様……」

妃を迎えるつもりはなかった、そう言ったエルトゥールの言葉が気にはなったが、その後に続いた言葉に再び涙が溢れてきてしまう。

自分はこんなふうに涙もろくなかったはずだ。むしろ、泣かないでえらいといつも言われていたのに。

「ユラは良い子だな。まだ子どもなのに……とても敏い……」

エルトゥールが優良の髪にその手のひらをのせ、優しく撫でてくれる。

けれど、その言葉に優良はハッとする。

「あの……僕は確かに子どもではあるのですが、エルトゥール様とそこまで年齢の差はないと思うのですが……」

皇子という立場もあり、エルトゥールはかなり大人びてはいるが、それでもまだ十代くらいだろう。

「そういえば、聞いていなかったな。ユラは何歳なんだ？」

「もうすぐ、十二歳になります」

「……俺と、五つしか変わらないのか。まだ、十歳くらいかと」

言いづらそうに、エルトゥールが苦笑いを浮かべた。やはり、想像以上に幼く見られていたようだ。

なんとなく気まずくなってしまった空気を払拭するためか、エルトゥールは他の人々の年齢も教えてくれる。

ギョクハンは、生まれはあちらの方が早いが同い年であること、カヤンは十五歳、さらにまだ五歳と六歳の皇子や皇女、産まれて間もない皇女がいることも教えてもらった。

あの時ギョナム皇妃が他の皇子のことに触れたのも、そういった理由からなのだろう。

幼稚園の子どもくらいの年齢と変わらないように思われていたのか……。

身長は高い方ではないが、なんとなく複雑ではあった。

「そろそろ休むか？　今日は特に、色々なことがあって疲れているだろう」

考えを巡らせていた優良にエルトゥールが声をかける。時計を見れば、すでに深夜の時間だ。

「あの……僕はどこで寝ればいいですか？」

優良が問えば、エルトゥールは訝し気な顔をした。

「どこって……寝台で寝ればいいだろう？」

エルトゥールが、窓際にある寝台を見て言う。

天蓋というのだろうか、薄い生地で囲まれた寝台は広く、二人が寝てもまだスペースに余裕はありそうだ。

「い、いいんでしょうか？　皇子様と一緒に寝るなんて……」

「元々、二人が寝られるように作られているんだ。そもそも、お前は俺の妃だろう？」

「それは、そうですが……」

幼い頃には、うっすらと母と同じ布団で寝た記憶がある。けれど、それだって翼が産まれる前の、物心がつくかつかないかという頃の話だ。

互いの家に泊まりにいくほど親しい友人がいなかった優良にとって、誰かと同じ布団で寝るという行為自体とても特別なことだった。

難しい顔をして立ちすくんでいると、

「もしかして……何かされると思って心配しているのか？」

「へっ？」

顔を上げた優良は、エルトゥールの顔を真っすぐに見上げる。

「心配しなくていい、いくら妃だといってもまだ子どものお前に手を出したりはしない」

最初、言われた意味がわからなかった優良は、エルトゥールの端整な顔を、ぽかんと見る。そして、ようやく意味がわかると優良の顔は茹蛸（ゆでだこ）のように赤くなった。

「そ、それはわかっています！　そこは、僕も心配してなんかいません！　エルトゥール様が、その、僕なんかを相手にするなんて……」

自意識過剰だと思われるのが恥ずかしく、慌てて言葉を重ねる。

「わかってる、冗談だ」

そんな優良に対し、エルトゥールは小さく笑って言った。あまり、冗談を言うようには見えなかったが、その笑顔の柔らかさに、思わず優良は見入ってしまう。

「同じ部屋で寝るのは、お前の安全を考えてのことなんだ。部屋が別だと、何かあった際に駆けつけるのにも時間がかかるからな」

「あ……」

そこでようやく優良は、自分が命を狙われる立場でもあることを思い出した。

「ありがとう、ございます……」

自分はエルトゥールに助けてもらってばかりだ。申し訳なく思いつつも、それ以上に感謝の気持ちで胸がいっぱいになる。

「気にするな。この季節は昼間に比べて夜が涼しいんだ。早く寝台に入った方がいい」

言いながら優良の手を引き、寝台の上へと導いてくれる。

モザイク模様のガラスのランプを消していけば、光源はサイドテーブルに置かれた小さなランプだけになる。

高い位置にある窓からはきれいな三日月が見え、部屋の中を微かに照らしていた。

寝台は見た目よりも柔らかく、かけられた毛布もとても温かった。

「お、おやすみなさい……」

すぐ隣で横になっているエルトゥールに、小さく声をかける。寝台に入ったことにより、瞼が重くなってくる。どうやら、思った以上に身体は疲れていたようだ。

「ああ、おやすみ」

顔を少しだけ優良の方に向け、エルトゥールは返事をしてくれた。

「そういえば」

「はい」

「さっきお前は、自分なんかを相手にするわけないなんて言っていたが、そんなことはないぞ。お前の黒い瞳はとても美しいし、表情だって愛らしい。何より、ユラは気立ても良いし利発だ。あまり自分を卑下するな」

それだけ言うと、エルトゥールは瞳を閉じ、さらに顔の向きも変えてしまった。

え…………!?

限界に近かった眠気が、エルトゥールの言葉で一気にクリアになる。

エルトゥールの言葉は、おそらく優しさから気遣ってくれてのもので、リップサービスのようなものだということはわかっている。だけど、そうだとしても。

……こんなことを言われたの、初めてだ。どうしよう、すごく、嬉しい……。

ドキドキと、優良の胸が高鳴る。

最初は、この世界で暮らしていくどころか、生き抜くことすら困難なように思えた。

それくらい、現代とはまったく違う世界に戸惑い、絶望的な心境にすらなった。

だけど、今はそうは思わない。むしろ、泣いている暇はないんだ。自分は、この世界で生きていかなければならない。

助けてくれたエルトゥールのためにも、自分ができる精いっぱいのことをしよう。

熱くなる胸に、こっそりと優良は誓った。

＊＊＊

「これは、素晴らしいですユラ様。こんなにもきれいな証明は、見たことがありません。算術においては、私が教えられることはほとんどなさそうです」

白いひげを蓄えた、いかにも好々爺（こうこうや）といった風体の教師がニコニコと笑う。

「あ、ありがとうございます……」

はにかんで笑い、さらに証明を続ける。最初は慣れなかった羽ペンだが、十日もすればさすがに自由に使えるようになってきた。

エルトゥールの屋敷に住み始めて十日。

屋敷で働く人間に、妃だと紹介された優良は、とても丁重な扱いを受けていた。

優良が神の愛し子であるということを、エルトゥールは敢えて屋敷の人間には説明していないようだった。

視察の途中で見つけた優良が気になり、そのまま自身の妃にすることにした。

エルトゥールの説明は、隣で聞いていた優良からするとあまりにも強引で、悪く言えば非常識なようにも感じたが、誰一人として疑問に思う人間はいなかった。

まるで犬猫のように拾われてきたと言われているようで、実際は違うことはわかっていても少しだけ抵抗を感じた。

けれど、目の前の老教師・ヌスレットにアナトリアについて習ううちに、エルトゥールの言葉の意味もわかってきた。

ヌスレットはエルトゥールが優良につけてくれた教師で、帝国の歴史は勿論、この世界の文化や神、そして文字や算術等を教えてくれている。

元々は著名な学者で、幼い頃はエルトゥールも教えを受けたそうだ。

アナトリア文字に関しては、優良の知るひらがなや漢字、アルファベットとはまったく違う文字だった。

けれど、これも何かの力なのだろうか。不思議と読むのにも書くのにもまったく苦労をせず、思うように言葉を紡ぐことができた。

元々勉強好きで、特に全国で一、二を争う名門私立中学を目指していた優良にしてみれば、ヌスレットの授業はまったく負担にならなかった。

それどころか、歴史や文化はまったく違う世界のことであるためとても興味深く、面白く感じた。

そのため、最初はまだ何も知らない幼い子どもに対するように授業をしてくれていたヌスレットも、現在のアナトリアの状況をはじめ、色々なことを教えてくれるようになった。

この国においては、皇帝が絶対的な権限を持ち、この地の民はみな皇帝のものだった。

政治は皇帝を中心に貴族たちによって行われているため、平等な社会とは言えない。

とはいえ、全てが不平等だというわけでもなかった。

勉強し、試験に合格すれば希望する職業にもつけるし、宮殿で働くこともできるからだ。

そしてそれは、このアナトリアの国民であれば民族や出自を問わず適用された。

現在のカラハン帝は玉座についてからすでに三十年以上が経ち、外征を繰り返し、多くの国を従えている。

早急な支配は、征服された国々の反発を招きそうなものだが、差別を受けてきた奴隷身分の者、圧政に苦しんでいた者は、アナトリアの支配を歓迎する向きすらあった。

さらに、アナトリアは他国から献上される美しい人間を、丁重に扱った。皇帝の目に留まれば、ハレムに入り、妃となることもできるのだ。勿論、ハレムにいる多くの人間は女性だが、男性の場合は小姓となり、将来的に高い地位を得ることができた。

そんな状況であるため、第二皇子であるエルトゥールの妃、所有物であることをアピールすることは、優良の身を守るためには重要なことだった。

「随分、複雑な数式を解いているんだな」

集中していたからだろう、書いていた羊皮紙を覗き込まれ、ハッとして後ろを振り返る。

「エルトゥール様」

優良が名前を呼べば、穏やかな表情のエルトゥールが微かに微笑んでくれた。

そして立ち上がり、姿勢を正そうとするヌスレットを、やんわりと留める。

エルトゥールはすでに国の仕事に携わっており、スィーパと呼ばれる騎兵をまとめ、指揮する役割を担っている。多忙なはずなのだが、優良のことを気にかけて、時折こんなふうに顔を出してくれた。

赤を基調とした、金色の装飾のついた軍服は華やかだ。

「俺の妃は優秀だろう?」

「はい、素晴らしい才能をお持ちです。さすが、神の愛し子様ですね」

「……ヌスレット」

エルトゥールの声がどこか咎めるように聞こえたのは、おそらく気のせいではない。

屋敷の人間や自身の側近たちにも、エルトゥールは優良を神の愛し子だとは紹介しなかった。

ギョクハンやギョナム皇妃は認めていないだろうし、エルトゥールが優良を愛し子だと表明すれば、軋轢を生むことは火を見るより明らかだ。

けれど、いくらエルトゥールが何も言わなくとも、これまで妃どころか、側女の一切を周りに置かなかったエルトゥールが妃を迎えたことはやはり周囲の関心を集めた。

さらに、聖堂側は優良を神の愛し子だと堂々と口にし、愛し子として接するため、信心深い人間はみな優良が愛し子だと信じ、下にも置かない扱いをする。

日中、宮殿の手伝いを少しでもすれば、とんでもないと飛んでくる人間もいるため、はっきりいってあまり居心地はよくない。

「エルトゥール殿下、殿下が皇位継承に興味がないことは存じておりますが、愛し子様の存在はこの国の希望でもあるのです。ユラ様は人格も素晴らしければ、類まれな頭脳だってお持ちです。それに……」

「ヌスレット、お前がユラの才覚を認めてくれるのは嬉しく思う。愛し子として扱うのもお前の勝手だ。だが、それを公の場で口にするのはやめてくれ」

エルトゥールの口調は厳しく、日頃優良にかける声とは随分違っていた。

「……出すぎたことを申しました。ただ、愛し子様であるユラ様を軽んじる人間が多いことが、どうしても私は許せないのです」

温厚で、滅多に感情を荒らげることがないヌスレットには珍しく、その声色からは怒りが感じられた。

ヌスレットも、エルトゥールが置かれている状況はわかっているのだろう。そして、その妃となった優良がとても不安定な立場にあることも。

「いや……俺の力がないんだ。ユラも、すまない」

「そんなことはないです！　僕は、十分よくしてもらっています」

優良が慌てて首を振れば、エルトゥールは小さく笑い、その頭を優しく撫でてくれた。

「ユラも、たまには外に出たいだろう。午後からはサヤンに護衛につくよう言ってある。宮殿内で我慢して欲しいが、自由に過ごしてくれ」

優良が屋敷を出る際には、エルトゥールかサヤンが一緒についてくれていた。

サヤンはアナトリア軍内でも五本の指に入る剣の使い手らしく、エルトゥールも深く信頼しているようだ。

屋敷の居心地はよいのだが、やはり外に出たいという気持ちはある。だから、外に出られるのは嬉しかったのだが、サヤンが一緒だということに、優良の気持ちは重くなる。

「は、はい。ありがとうございます」

けれど、エルトゥールがよかれと思ってサヤンをつけてくれていることはわかるため、気取られぬよう、優良は笑みを浮かべた。

無言で隣を歩く長身の少年を、こっそりと優良は盗み見る。

初対面の時からサヤンにはあまり良い印象を持たれていなかったが、優良がエルトゥールの妃となってからはますます心象が悪くなったようだ。

あからさまに暴言を吐かれたり、手を上げられたりすることはない。つっけんどんな口調は嫌味まじりではあるが、一緒に歩いている時に優良の周囲にすでに気を配っていることは知っている。

けれど、サヤンが優良を疎ましく思っているのは明らかで、そんな相手と二人きりで過ごすということはやはり優良にとって大きな精神的負担となっていた。

嫌われているっていうより、僕の存在が許せないんだろうなあ……。

優良はエルトゥールの妃だと紹介されているが、アナトリアの法律では婚姻は十七歳にならなければ結べないため、正確にはまだ婚約者という立場だ。

そして、サヤンは優良がエルトゥールの妃になることに反対しており、可能であれば婚約の解消を願っている。

理由は、サヤンはエルトゥールがこの国の皇帝となり、さらに女性の妃を娶って子孫を残して欲しいと思っているからだ。

初めてこんなふうに一緒に外に出た際に、それはサヤンの口から言われた。

「エルトゥール様ほど、この国の皇帝に相応（ふさわ）しい人間はいない。あの方は、俺たちの希望なんだ。だから、正直足手纏いでしかないお前などに妃になって欲しくない。勿論、お前の護衛はエルトゥール様の信を受けてのものだから、手を抜くつもりはない。ただ、それだけだ。俺に優しさは求めないでくれ」

サヤンの物言いはとてもはっきりしており、彼自身が裏表のない誠実な人間であることがわかった。

ただ、それでもあからさまな敵意は一緒にいて心地よいものではない。

サヤンさんの気持ちは、わからなくもないんだけど……。

最初、希望と言われた時には意図がわからなかった優良だが、ヌスレットからアナトリアの歴史を学んだことにより言葉の意味を理解した。

建国から四百年足らずで領土を拡張していったアナトリアには複数の民族が住んでいるが、歴代の皇帝はみなアナトリア民族だ。

そして、エルトゥールはアナトリア民族の血も受け継いでいるが、同時にルーシー民族の血も受け継いでいた。

アナトリア帝国の北方に位置するルーシー民族は人口が多く、さらに白い肌に明るい髪色の華やかな容姿を持っていた。

エルトゥールの母はかつてのルーシー王家の血を引いており、現皇帝であるカラハンの寵愛(ちょうあい)を誰より受けていた。

アナトリアの支配を受ける際、もっとも抵抗したルーシー民族は迫害されていた過去もある。

現在のアナトリアはどんな民族も扱いは平等に受けられるとはいえ、それでも宮殿や軍の要職についている者の多くはアナトリア民族だ。

そんな状況であるため、ルーシー民族の血を引くエルトゥールが皇帝の地位につくことは、ルーシー民族の悲願なのだろう。

エルトゥール自身にそんなつもりはなくとも、周囲はエルトゥールが皇帝になることを望んでいる者も多い。

けれど、いつの時代のどの国にもいえることだが、後継者争いは一つ間違えれば国が割れてしまう可能性もはらんでいる。

ギョクハンもエルトゥールもそれを阻止したいのは同じ気持ちであるため、なんとかこれまでは表面上とはいえうまくいっていたのだろう。

ただ、優良がこの世界に現れたことにより明らかに状況は変わってしまった。

それこそ、エルトゥールの陣営の中には、彼の皇位継承を正当化するためにも率先して優良を愛し子だと喧伝(けんでん)しようとする者もいる。

サヤンが優良の護衛に選ばれているのは、おそらくサヤンにそういった思惑がないからだろう。

実際、サヤンは優良を神の愛し子として接することはない。エルトゥールの妃であるため、仕方なく丁重に扱っているだけだろう。

今日は、宮殿内にある庭の手入れを手伝いに行く予定だ。ただ、庭はエルトゥールの屋敷からは離れた場所にあるため、無言で歩き続けることになってしまう。はっきりいって、気まずい。

庭に向かう途中には、大きな広場があり、その片隅では優良と同じくらいか、もう少し年かさの少年たちが訓練を受けていた。

広い国土を持つアナトリアは強靭な軍隊を持っており、ある程度の年齢になれば騎兵になるために訓練を受けることができる。

軍隊は民族や出自で差をつけられることなく実力で出世することもできるため、騎兵を志す子どもは多いそうだ。

「サヤン様！」

休憩に入ったのだろう、中心にいた子どもの一人が優良とサヤンのもとへと駆けてくる。くすんだ金色の髪にヘーゼル色の瞳を持った少年は嬉しそうにサヤンを見上げ、そして隣にいる優良に気づき、慌てて姿勢を正した。

「どうした？　何か用でもあったか？」

「あ、いえ……サヤン様の姿が見えたので、せっかくなら剣を見てもらえないかと思ったのですが……」

「悪いな、今は仕事中だ」

「そうですよね」

つっけんどんな言い方ではあったが、サヤンの表情はいつもより優しい。

サヤンは若くしてすでに部隊も任されているため、軍隊内でも人気があるのだろう。

「あ、あの」

二人に声をかけると、同時に視線が優良の方に向く。

「もう、庭園まではすぐですし、サヤンさんは訓練に参加されてはいかがでしょうか。終わったら、迎えに来ていただけるとありがたいです……」

びくびくと口にすれば、サヤンの片眉(かたまゆ)が上がった。

「しかし」

「ぼ、僕なら大丈夫ですから！　何か困ったら、サヤンさんを呼んでもらいますし」

「……わかりました。それでは、数刻ほど経ちましたら迎えに上がらせていただきます」

「はい、よろしくお願いいたします」

優良の言葉に、隣にいた少年が破顔する。ホッとしながら、優良はこっそりとその場から離れた。

宮殿に住む女性たちの多くは、それぞれに仕事を任されている。

勿論、優良はエルトゥールの妃であるため、仕事は強制されているわけではないのだが、たくさんの人々が働いている中、自分だけ何もしないというのはやはり申し訳がなかった。

優良と同じくらいの年の少年だって、厳しい軍の訓練を受けているのだ。それに比べたら、庭仕事の手伝いは苦ではなかった。

それでも、日光の下で畑を触らなければならない庭園の仕事は、あまり女性たちの人気は高くないようだった。

だから大半の仕事は他の男性、多くは年配の者がやっているのだが、優良はこの仕事が好きだった。

「御召し物が汚れてしまいます。こちらの作業は私たちがします」

「あ、いえ大丈夫です。一応、汚れても大丈夫なように前掛けもしていますし」

アナトリアには、西洋のエプロンや日本の割烹着（かっぽうぎ）のようなものはない。そのため、エミネに頼んで汚れてもいい布を腰に巻くことにしたのだ。

「姫様は、働き者ですね」

初老の男性が笑い、皺の数が増える。褒めてもらえるのは嬉しいが、姫様という言葉はやはり抵抗があった。

エルトゥールの妃であるとはいえ、優良はまだ法律上婚約者という扱いだ。

そして地位のない者が名前を呼ぶのも不敬になるらしく、皇子のものであるという意味で姫と呼ばれるようになってしまった。

ちなみに、姫と呼ばれる女性たちは他にもいるが、宮殿の中から出てくることはほとんどない。

侍女を含めた多くの女性たちが憧れるエルトゥールが選んだ唯一の妃。

そういった意味でも、優良は望まずとも注目を集めることになってしまっていた。

けれど、宮殿での生活に慣れるのに精いっぱいの優良は、そういった周囲の女性たちの思惑に気づくことはなかった。

エルトゥールは優良が少しでも不自由をしないようにと、あれこれと気を遣ってくれたが、文明の進み具合がまったく違うのだ。

水道の蛇口をひねればいくらでも水が出てきた世界とは違う。花の水やりをするにも、自分でバケツを持って何度も運ばなければならない。

不便さは感じながらも、それを表情には出さず、優良は黙々と仕事をしていた。

そして、水をきれいなものに交換しようと給水塔へと近づいた時。

「あ、危ない」

声につられ、慌てて上を向いたのと、塔の上から何かが降ってきたのはほとんど同じくらいだった。

バシャン、と勢いよく降ってきた水は優良の顔だけではなく、その身体にも降りかかった。

　びしょびしょになってしまった身体を、優良は呆然と見つめる。

「ごめんなさい、まさか下に人がいるとは思わなくて」

「大丈夫かしら、髪の毛が真っ暗になってしまっているわ。肌の色も汚れているし」

「あら、あれは元々の色よ。偽の愛し子様は、黒い髪に黄色い肌の色をしているそうだもの」

　宮殿にあるたくさんの花瓶の水替えをしていたのだろう。花を挿したまま、長い間替えていなかったらしく、水の冷たさよりも、鼻をつくような強いにおいの方が気になった。

　給水塔のバルコニーで笑っている女性たちには見覚えがあった。確か、ギョクハンの住む屋敷の女官たちだ。

　……そっか、サヤンさんがいないから。

　そういえば、庭仕事の休憩中に配られる菓子も、優良のものにだけ虫を入れられていたり、数が少ないということがあった。

　そういう時には、無言で全てサヤンが新しいものに取り換えてくれていたのだが、今日はサヤンがいないため、彼女たちの姿勢も強気なのだろう。

　一人で大丈夫だなんてとんでもない話だった。思った以上に自分の存在は、よく思われていないようだ。

情けなくて、目には涙が浮かんでくる。なんとか涙を見せまいと拭おうとすれば、温かい、柔らかい布が肩にかけられた。

「大丈夫ですか？」

声には、聞き覚えがあった。頭上から水が降ってくることを教えてくれた女性と同じ声だった。

「あ……」

女性の顔を、優良は知っていた。ギョクハンの寵姫で、優良に対しても会うたびに声をかけ、挨拶をしてくれるアイシャだ。

濃いブラウンの髪に、同じ色の瞳を持つ、女性らしい丸みを帯びた身体の美女だ。

「よろしければ、私の部屋で着替えをしていってください。エルトゥール殿下の屋敷に、使いの者を送りますので」

「ですが……」

「うちの屋敷の者が行った不手際です、どうか、遠慮なさらず」

「……ありがとうございます」

優良が礼を言えば、アイシャは微笑み、歩くように促してくれた。

ギョクハンのハレムには数人の側女が住んでいるが、それぞれが部屋から出ることはほとんどなく、他の女性への関心がないようだった。

ハレムの立ち入りを男である自分がしていいのか優良は躊躇したが、優良の立場はエルトゥールの妃であるため問題ないそうだ。

小さな浴槽に湯を張ってもらい、汚れを落とす。アイシャ付きの穏やかな侍女はテキパキと、けれど丁寧に世話をしてくれた。

湯浴みを終えると、すでにエルトゥールの屋敷から新しい服が届いており、こっそりと着替えもさせてもらった。

「水やりの途中で、水がかかってしまったと説明しておきました。少し濡(ぬ)れただけですけど、風邪(かぜ)をひくと悪いので」

新しい服に着替えて部屋の方に戻れば、アイシャが温かいカフヴェスィを淹れてくれていた。

椅子に座り、ありがたくカップに口をつける。

「甘くて、美味しいです」

「ありがとうございます」

優良の言葉に、ホッとしたようにアイシャは微笑んだ。けれど、すぐにその表情が曇る。

「あの……先ほどの女官たちのことですが、本当に申し訳ありませんでした。後できちんと叱(しか)っておきます」

「あ、いえ……」

　確かアイシャはまだ十六で、女性たちよりも随分年下のはずだ。すでにギョクハンの側女であるアイシャの方が立場は上なのだろうが、自分のために、いらぬ軋轢を生むようなことはして欲しくなかった。

「別に、怪我をしたわけではないですし、大丈夫です。僕の方こそ、ありがとうございました。でも、すみません」

「え？」

「僕に親切にして、アイシャ様の立場が悪くなったり、しないでしょうか……」

　ギョクハンの側女であるアイシャが優良に関わるのは、あまりよくないはずだ。それこそ、ギョクハンから不興を買わないだろうか。

　けれど、そんな優良に対し、アイシャは笑って首を振った。

「大丈夫ですよ。むしろ、ごめんなさい。女官たちが貴方に辛くあたるのは、ギョクハン様のせいですよね」

「い、いえ……」

　否定の言葉は口にしたものの、実際のところはアイシャの言う通りだ。

　正確にはギョクハンとギョナム皇妃。二人が優良を神の愛し子だと認めないため、二人への忠誠を表すように、女官たちの優良への接し方はきつくなる。

「言い訳にしかなりませんが、悪気があるわけではないんです。殿下自身が貴方をどうこうしろなんて口にしたことはありません。ただ……殿下は、幼い頃からずっと愛し子様を待ちわびていたんです」

「え……？」

「ギョナム皇妃様は、殿下を次代の皇帝にしようと幼い頃からとても厳しく育てられてました。勉強に剣術ばかりの子ども時代は、とてもお辛かったと思います。それでも、泣き言一つ言わなかったそうです。物言いがきつい方なので、誤解されがちですが、殿下はこの国と民のことをとてもよく考えているんです。地方の貧しい子どもたちの生活を少しでも良くしようと努められていますし。だから……神の愛し子様を誰より待望していました。愛し子様はこの国に幸せをもたらしてくれる存在なので」

「そう……だったんですか……」

「何より、愛し子様を必要としていたのは、ギョクハン様自身なんです。あの方は、とても孤独なので……愛し子様の存在を誰より求めていました」

アイシャの話を聞いた優良は、なんの言葉も返すことができなかった。

自分などが愛し子だなんてとても信じられないはずだ。怒りを見せるのも仕方がない。

エルトゥールも幼い頃に母親を亡くしたと聞いているが、ギョクハンの生い立ちも決して幸せなものではなかったようだ。

今の皇帝の代になるまで、アナトリアでは皇位継承権争いを避けるため、次代の皇帝が即位した瞬間に他の兄弟たちは処刑されていたという。

まだ兄弟殺しが存在していた彼らの子ども時代がどんなに過酷なものだったか、想像もできない。

それに比べて、どんなに自分は恵まれた環境にいたのだろう。命の危険もなければ、飢える心配もなかった。実の子でもないのに、あそこまでよくしてもらっていた。十分、幸せだったじゃないか。

「色々、お話ししてくださってありがとうございました」

「あ、いえ……こちらこそ、聞いてくださってありがとうございます」

優良の言葉に、アイシャは柔らかく微笑んだ。

アイシャの話を聞いたからといって、ギョクハンへの苦手意識がなくなることはないだろう。ただ、ギョクハン自身は優良を殺そうとする意思はないことはなんとなく察せられた。勿論、ギョナム皇妃は違うだろうが。

周りに頼ってばかりじゃダメだ。僕自身が、強くならないと。エルトゥール様に守られてばかりじゃ、ダメなんだ。

優良は一つの決心をして、その拳をギュッと握りしめた。

アイシャの女官が、サヤンが迎えに来たと優良を呼びに現れたのは、それからすぐのことだった。

4

優良を迎えに来たサヤンは、ギョクハンの屋敷の前で背筋を伸ばして待機していた。

比較的冷静で感情を表に出さないサヤンだが、珍しくその表情には緊張が見て取れた。

けれど、優良が姿を見せると、心なしかホッとしたように安堵の表情を浮かべた。

「すみません、アイシャ様とのお話が思った以上に長くなってしまって……」

水をかけられた件に関しては、何も話さなかった。事を荒立てたくなかったのもあるが、まるで告げ口をしているようで抵抗があったからだ。

優良にだってプライドはある。女性にいじめられて、それをエルトゥールに泣きつくような真似だけはしたくなかった。

「気楽なものですね。ユラ様と同じ年代の少年の中には、すでに軍で訓練を受けている者もいるというのに」

サヤンは、心配してくれていたのだろう。それにもかかわらず呑気にアイシャと話をしていたと聞いたら、不愉快になるのも当然だ。

元々よく思われていないのに、ますます嫌われてしまったことに、少しだけ胸が痛む。

けれど同時に、サヤンから発せられた言葉は優良にとって大きなヒントにもなった。

「サヤンさん！」

「……なんですか」

いかにも、鬱陶しいとばかりの返答も、いちいち気にしてなどいられない。

「お願いが、あるのですが……！」

立ち止まり、真剣な瞳で上背のあるサヤンを見上げる。優良の視線の強さに、少しだけサヤンが怯んだことに、優良は気がつかなかった。

＊＊＊

公務から帰ってきたエルトゥールのことを、屋敷で手が空いている人間はみな並んで出迎える。

中心に立たせてもらった優良は、扉が開けられたのを確認すると、胸の前で斜め上に手を組み、ゆっくりと頭を下げた。

「お帰りなさいませ、エルトゥール様」

優良に合わせるように、他の使用人たちも頭を下げる。

「ああ、ただいま。早く顔が見たいから、顔を上げてくれ」

エルトゥールに言われ、ゆっくりと顔を元の位置へと戻す。

「すっかり、こちらの挨拶にも慣れたな。姿勢もとてもきれいだ」

笑顔のエルトゥールが、優良の頭を優しく撫でてくれる。

「ありがとうございます、エミネさんの教え方が上手なんです」

「とんでもありません、ユラ様は飲み込みがとても早いので、すぐに教えることがなくなってしまいそうです」

礼儀作法については、全てエミネが細やかに教えてくれていた。

本来であれば妃となる前にすべて習っているはずなのだが、優良は勿論そういったことの一切を何も知らない。

この国の生活に慣れるためにも、積極的に学ぶようにしていた。

幸いなことに、お辞儀をするという挨拶には元々馴染みがあったため、覚えやすくもあった。

「腹が減っただろう。すぐに食事にしよう」

「はい」

使用人たちを引きつれて、着替えに向かうエルトゥールと別れ、優良は食堂へ向かった。

アナトリアに来てからの食事を、優良は原則としてエルトゥールと二人でとっていた。

この国の料理の特徴なのか、広いテーブルの上にたくさんの料理が並べられる。

馴染みのないものがほとんどではあったが、アナトリアの料理は美味しいものが多く、すぐに食事の時間が楽しみになった。

羊の肉や、ヨーグルトやナッツを使ったものが多く、パンのような小麦を使った主食以外にも、米も出てきた。勿論現代で食べていた白米とは種類が違うようだったが、懐かしさもあり、優良はとても気に入っていた。

エルトゥールは注意深く優良の様子を見守ってくれていて、出されたメニューの中から好きなものや苦手なものについて聞いてくれた。

苦手なものはほとんどなかったが、好きなものは翌々日のメニューとして出してくれたりもする。

そういったエルトゥールの細やかな気遣いが、優良はとても嬉しかった。

「ユラは、両親にとても大切に育てられたんだろうな」

「え……？」

フォークとナイフを手に、目の前の羊肉を切っているとエルトゥールが言った。

「普段の立ち振る舞いは勿論、カトラリーの使い方もとてもきれいだ」

エルトゥールに言われ、優良は自身の手元を見つめる。確かに両親は、小学校に上がったあたりから定期的にホテルに出かけ、食事をする機会を作ってくれていた。食事の作法は幼い頃から身につけるもの、というのが母の口癖で、言われてみれば一般の家庭より厳しく言われていたような気がする。

「あ、ありがとうございます……」

とりあえず、褒めてもらったのは嬉しかったため、素直に礼を言う。

「お前がいなくなってしまったことで、寂しい思いをしているだろうな……」

さらに続いたエルトゥールの言葉は、優良と両親の気持ちを慮ってのものだろう。

少し表情が曇っているのは、その責任の一端はアナトリアにあると思っているようだ。

「い、いえ……そんなことは。勿論、寂しい思いはしてくれているとは思いますが、すぐ下に弟がいますし、それに、僕は両親の実の子どもではなかったので……」

「そうだったのか……悪い、無神経なことを聞いたな」

エルトゥールは、同情するわけでもなく、憐れむわけでもなく、けれどなんとなく複雑そうな顔をした。

「あ、いえ僕が勝手に話したことですから。それに、最初は不安もありましたけど、エルトゥール様には色々気を遣っていただいてますし、エミネさんもお屋敷の方もみな親切ですし、エルトゥール様には、感謝してもし尽くせません」

「そうか……？　それは、俺としても嬉しく思うんだが……」

そう言いながらも、エルトゥールの歯切れはよくない。なんとか話題を変えようと、慌てて優良は口を開く。

「そ、そういえば今日、サヤンさんに剣術を教えてもらえないか頼んだんです」

「サヤンに？　クルチを使いこなすのは兵士でも難しいと思うぞ」

　クルチ、といわれるのは半月刀のように細い剣の先が曲がっており、アナトリアの兵士が戦場で使うのもこの剣だ。

「ええ、わかってます。だから、せめてヤダガンだけでも使えるようになりたくて……せっかくエルトゥール様から頂きましたし」

　クルチに比べれば刃先も短いヤダガンは護身用に使うもので、もしもの時にと屋敷に来た翌日にエルトゥールから渡されていた。

　きれいな宝石と装飾がついており、剣を抜かなければアクセサリーのようにも見える。

「確かに渡したが、お前自身があれを抜く機会を俺は考えていなかったんだけどな。それで、サヤンはなんて言ったんだ？」

「……僕には向かないだろうから、やめた方がいいと断られました」

　実際は、もっと手厳しかった。剣はアナトリアの兵士たちにとって魂と一緒だ、興味本位で扱おうとするなと罵(ののし)られさえした。

　勿論、感情的になって声を荒らげたことは素直に謝られたが、それでも剣術の指南だけは許可してくれなかった。

「まったく、あいつは頭が固いな。俺から、サヤンに言っておくか？」

「いえ、大丈夫です。それに、一応条件次第では見てもらえると言われました」

「条件?」

「その……軍での少年兵の訓練の内容に、百日の間、耐えられたら、というものです」

優良の言葉に、エルトゥールの表情が厳しいものになる。

「少年兵って、シャニサリーの候補生たちのことか? 彼らは厳しい選抜をくぐり抜けているし、体力だって並外れた者たちばかりだ。一緒に訓練だなどと……サヤンは何を考えているんだ?」

「多分、エルトゥール様から説明を聞いた僕が諦めると思って、出した条件なんだと思います」

「ということは、お前は諦める気はないんだな?」

「百日の間、僕の体力が持つかはわかりません。だけど……できるだけのことはやりたいと思っています」

運動は苦手ではないが、かといって得意な方でもない。

子どもの頃にやっていた習い事もピアノや書道といったスポーツとは関係ないもので、進学塾に入ってからの優良は本当に勉強しかしてこなかったと言っても過言ではない。

「どうして、剣を習おうと思ったんだ?」

「え?」

「ユラの身体は、戦うのに向いているとはとても思えない。腕だってこんなに細いし、手のひらだって柔らかい」

言いながら、エルトゥールの手が優良の腕を摑む。

確かに、エルトゥールは顔立ちこそ繊細で美しいが、細身ながらも筋肉はしっかりついているし、腕も逞しい。

優良とは、元々の体格からして違うだろう。

「お前は利発で、宮廷学者であったヌスレットすら舌を巻くほどだ。無理に剣など使わずとも、屋敷の中で本を読んでいるだけではダメなのか？」

優良が無理をせぬよう、エルトゥールは気を遣ってくれているのだろう。

確かに、長い距離を走っていた少年たちの姿に怖気（おじけ）づかないと言ったら嘘になる。サヤンには明日から参加すると言ったものの、不安がないわけではない。けれど。

「ハレムにいる女性たちは、踊りや楽器に歌と、自身を磨くことにとても努力していますす」

みな、皇帝や身分の高い男性の目に留まるため。ギョナム皇妃は元々が有力な部族の族長の娘だったという話だが、それでも多芸に富んでいるのだという。

「けれど、僕にはそれができません。視覚的な面で、エルトゥール様を楽しませることができない」

「……別に俺は、そういったことはお前に望んでいないが」

「そ、それはそうですよね」

エルトゥールの言葉に、なんだか恥ずかしくなってしまう。煌びやかな衣装を着て自分が踊ったところで、エルトゥールとしても困惑してしまうだけだろう。

「ですが、だからこそ僕は他のことでエルトゥール様に役立ちたいと思っています。勿論、剣を使えるようになったからといってエルトゥール様を守れるとは思いません。だけど、足手纏いにならないためにも、自分のことくらいは自分で守れるようになりたいんです」

この世界は、優良が生きてきた現代日本のような平和な世界ではない。何の力もない自分が、どうしてこの世界に連れてこられたのかもわからない。

けれど、ただエルトゥールに守られ、箱庭の中で生きていくのは嫌だった。自分だって、エルトゥールのために何かがしたい。

そのためにも、せめて自分の身くらいは自身で守れるようになりたい。決して安易な思いつきではないのだと、優良は真摯に自身の思いをエルトゥールへと伝えた。

「お前の気持ちは、よくわかった。俺も、お前はただ守られているだけの姫君ではないことを知っている」

「え?」

「皇帝を前にして、きちんと自分の意見を言えていただろう？　セレンや神官たちから神の愛し子だと言われても、自分からそれを口にすることはなかった。あの状況で、きちんと意見を言えていたのは、すごいと思う」

「だって……自分が愛し子だなんて、とても信じられませんし……」

「その後も、不穏な話が頭上で交わされている中、お前は冷静にそれぞれの話を聞き、状況を判断していた。あの時、てっきり俺は助けを求められると思っていた。だけど、お前はそうしなかった」

確かに、あの時はエルトゥール が隣にいた。けれど、優良は助けてもらおうとは思わなかった。

「助けを求めて、エルトゥール様に負担になったら嫌だと思ったんです……」

エルトゥールが第二皇子であるということを知らなかったのもあるが、すでに一度、川から救い出し命を助けてもらっているのだ。これ以上の迷惑をかけられないとも思った。

「だろうな……だけど、だからこそ俺はお前を助けたかった。怯むことなく、真っすぐにあの場にいたお前の強さに驚いたし、放っておけなかった。助けるといっても、方法はあんなふうになってしまったが……」

「驚きましたが……だけど、僕はとても嬉しかったです」

微笑んでそう言えば、エルトゥールもわずかに頬を緩めてくれた。

常に冷静なエルトゥールが時折見せる優しい表情が、優良はとても好きだ。

「くれぐれも無理はしないこと。サヤンのやつにも言っておくが、怪我や身体を壊したりした時にはすぐに辞めること。それが守れるなら、俺もお前を応援する」

「ありがとうございます」

「あと……さっき俺にお前は視覚的な楽しみは望んでいないと言ったが、ころころ変わる表情を見ているのは、なかなか楽しい」

「え、ええ？」

そんなに、感情が顔に出ているのだろうか。

「それに、踊りや楽器は難しいかもしれないが、歌なら覚えてもいいんじゃないか？　お前の声は可愛いからな」

「それは……まだ、声変わりが終わっていないだけです」

いじけたように優良が言うと、エルトゥールが楽しそうに笑った。

けれど、未だ声変わりが来ておらず、高い自分の声にコンプレックスを感じていたが。

少しだけ、低くなってしまうことが寂しいとも思ってしまった。

＊＊＊

シャニサリーとは、アナトリア帝国が誇る先鋭部隊で、軍において重要な役割を担っている。

特徴的なのは、シャニサリーの多くがアナトリア民族ではなく、他民族で構成されている点だ。

建国して四百年、そしてこの百年は領土拡張に邁進してきたアナトリア帝国だが、それに関してもシャニサリーの果たした功績がとても大きい。

死を恐れず、帝国のために戦うシャニサリーの姿は皇帝の心を動かし、アナトリア民族からも尊敬の念を持たれた。

初期の頃は他民族とアナトリア民族との間にあった制度上の差がなくなったのも、このシャニサリーの影響がとても大きい。

そんなシャニサリー候補生となるのは、それこそ厳しい試験をくぐり抜けた優秀な少年たちばかりだ。

シャニサリーだけではなく、アナトリアでは頭脳が秀でていれば宮殿で働いたり、国政に携わる文官にもなることができた。

数はそれほど多くないとはいえ、能力さえあれば望む仕事に就くことができるというのは、子どもたちにとっても大きな希望となっていた。

息が、続かない。

ハアハアと短い呼吸を繰り返しながら、優良は懸命に手足を動かしていた。

身体が資本とされる軍の訓練は、基礎体力がなにより重要とされる。

長い時間走るということは、心配を鍛える上でも重要なことだし、理に適ってはいる。

けれど、現代の生活に慣れている優良にとって、走り続けることは決して容易いものではなかった。

「ユラ様、大丈夫ですか？」

優良の後ろから、一人の少年がこっそりと声をかけてくれる。一週間ほど前、優良が庭園の仕事に向かっている最中にサヤンに話しかけてきた少年だ。

「ナジェさん、ありがとう。でも大丈夫だから、早く先に行ってください」

「それはできません。サヤン様から、ユラ様を護衛するようにと言われております」

真面目な顔で言われてしまい、反論することができない。というか、疲れすぎていてそれをする力もない。

仕方なく、優良は再び手足を動かし始めた。

訓練をする上で、自分の立場を他の少年たちに話さないで欲しいと優良はエルトゥールに頼んだ。

エルトゥールはシャニサリーは勿論、候補生たちの間でもとても人気が高く、敬愛されている。

そのエルトゥールの妃が同じように訓練をしても、気を遣わせるだけだし、下手をすれば内容が軽減されてしまうかもしれない。

一応、教官にはサヤンの方からある程度身分の高い人間であるという説明はしているようだが、できる限り特別扱いをせぬよう優良からは頼んでおいた。

優良の存在はすでに知られているとはいえ顔を知っている者は少なく、さらに染料で髪を茶色く染めればイメージがだいぶ変わり、気づく者はいなかった。

まさかエルトゥールの妃が、軍の訓練を受けるとはまったく予想をしていないというのもあるだろう。

そして、それでも何かあった時のことを考えて、優良の顔を知っているナジェにはサヤンが事前に説明をしてくれていた。

元々真面目なのか、ナジェはそれからは優良を守ることが義務であるかのように常に付き添ってくれている。大人びて見えたがナジェは同い年で、同年代で近しい人間があまりいなかった優良としては、話し相手ができたことは嬉しかった。

「ミラ、少し休憩した方がいいんじゃないか？」

「あと二週だろう、頑張れ」

優良と後ろを走るナジェのことを、後ろから来た少年たちが声をかけ、追い抜いていく。

本名を明かすことはできなかったため、ミラというのは勿論偽名だ。

「あ、ありがとう」

かけられた励ましの言葉が、胸にしみる。

正直にいえば、明らかに体力が劣っている自分は、侮蔑と嘲笑の対象になることを優良は覚悟していた。

最初は、そういった傾向も少しあった。身体つきからして小柄で、肉も少ないのだ。どうしてこんなやつが、という視線をあからさまに向けてくる人間もいた。

けれど、優良が時間はかかっても最後まで同じ内容の訓練をやりきっているのを見て、その見方も変わっていった。

少し話をしてみればみな陽気で気の良い性格で、さらにいえば過酷な環境で生まれ育ってきた少年たちも多かった。

地方の農村に住んでいたが親を亡くし、餓死する直前で保護をされた者、戦争孤児で、アナトリア兵に助けられた者。

あっけらかんとみな話すが、優良からすれば信じられないような話で、けれどそれがこの国の現実であることも知った。

辛く苦しい思いをしてきた彼らだからこそ、人に優しくできるのだということもわかった。

そんな彼らに、優良が認められるきっかけになったのは、優良が勉強を教えられたからだった。

試験があるため、識字率は高いものの、これまで学校に行ったことがない者がほとんどなのだ。

優良は実技訓練しか参加していないが、訓練には座学もあり、そこで音を上げてしまう候補生も少なくない。そのため、休憩時間に課題にちょっとしたアドバイスをしたところ、これが好評で、みな積極的に話しかけるようになってくれた。

「ユラ……本当に大丈夫か？」

訓練から帰った後、湯浴みで汗を流し、寝台の上に横になっていると、いつの間にか転寝（うたたね）をしてしまっていたようだ。

帰ってきたエルトゥールから、心配気に声をかけられた。

「エ、エルトゥール様……」

「ああ、起きなくていい。夕食の時間までゆっくりしているといい」

慌てて起き上がろうとすれば優しく制止される。

「すみません。今日の訓練、馬に乗ったのですが、緊張したせいかすごく疲れてしまって……」

エルトゥールが寝台へと腰かけた。そういえば、すでに軍服から部屋着に着替えている。

もしかしたら、長い間眠ってしまっていたのかもしれない。

「気にするな。それに、馬に乗ることを許されただけでもすごいことだ。正直、ユラがここまで続けられるとは思わなかった」

「実は僕も……途中で音を上げるかもって何度か思いました」

照れくさそうにそう言えば、エルトゥールの頬が緩んだ。

「少しだが、筋肉がついてきたな」

エルトゥールの手が、優良の腕をそっと掴んだ。

「本当ですか？」

「ああ。これなら、剣を持つこともできるだろう」

エルトゥールの言葉が嬉しくて、優良の表情が明るくなる。

腕力も走力も訓練についていくのでも精いっぱいだったし、最初の頃は身体も悲鳴を上げていた。

それでも、三ヶ月が経った今では身体も慣れてきた。華奢（きゃしゃ）な身体つきは変わることはなかったが、筋肉がついたとエルトゥールに言ってもらえたことは、とても大きな励みになった。

もう少しで約束の百日目だが、百日を終えたからといってサヤンが本当に剣を教えてくれるようになるかはわからない。

だがそれでも、この経験は優良にとってもとても貴重なものだったことには変わりはなかった。

＊＊＊

百日目の訓練が終了した日、屋敷へと戻る途中、サヤンの姿が見えた。

その表情はいつも通り不機嫌そうだが、優良の姿を視界に入れるとほんの少しだけ表情が和らいだ。

訓練に参加するのは短期間だけだと事前に話していたとはいえ、他の候補生たちは優良が辞めるのをとても残念がってくれた。ここまで頑張ったのだから、一緒にシャニサリーになろうと引き留めてくれる者も何人もいた。

全ての事情を知っているナジェは、涙ながらに見送ってくれた。サヤンが選んだだけのことはあり、ナジェはとても機転が利き、それこそ色々な場面で優良のことを助けてくれていた。

「俺、エルトゥール様とユラ様を守れるような、強いシャニサリーになります」

「ありがとうございます。ナジェさんなら、強いシャニサリーになれると思います」

最後にこっそりと交わした会話の後、二人は笑いあった。

「……百日の訓練に、耐えられたようですね」

苦虫を噛み潰したような顔で、サヤンが言った。

「はい……周りの方々に、助けていただいたおかげです。ナジェさんにも、とてもよくしていただきました」

緊張した面持ちで優良が言えば、サヤンの眉間の皺が濃くなり、そして深いため息をついた。

「週に三回、長い時間は見られませんが、基礎的な剣の使い方くらいは教えます。腕にも筋力がついたようですし、それなりに使えるようにはなるでしょう」

サヤンの言葉に、優良の目の前が明るくなった。

「……いいんですか？」

「そういう約束だったんだから、仕方ないでしょう」

「ですよね……すみません」

言外に、不本意だというのが読み取れて、なんとなく恐縮してしまう。

「ナジェや他の候補生たちから貴方の評判は聞いています。いつも一番最後になっても、絶対に諦めずに食らいついてくるって。泣き言一つ言わない姿に、候補生たちの連帯感もより高まったそうです」

「あ、はい……ついていくのに、やっとでしたから」

現代での優良は、成績が常に学校でも一番だったし、運動も決してできない方ではなかった。そんな自分が常に最後尾にいることが悔しくなかったと言えば嘘になる。けれど、プライドなんて、かなぐり捨てるしかなかった。この世界ではそうしなければ生きていけないのだと、そう思ったからだ。

「正直、貴方が剣を習いたいと言った時にはただの姫君の気まぐれかと思ってました。そんな細腕で、一体何をするのかと」

サヤンに言われ、こっそりと優良は自身の腕を見る。未だサヤンやエルトゥールに比べると半分ほどしか細さはないが、それでもしなやかな筋肉がついている。

「けれど、貴方は気まぐれなどではなく、本気で剣を習いたいと思っていた。そのための努力もした。よく……頑張りましたね。貴方への認識を、改めなければいけないようだ」

サヤンの表情が、目に見えて穏やかなものになり、優良へと笑いかけた。

「い、いえそんな……」

これまで厳しい表情しか見たことがなかったため、嬉しかった。胸がいっぱいになる。ようやく、認めてもらえたのだとわかると、じんわりと涙が浮かんできた。

「こちらこそ、よろしくお願いいたします」

「……それはやめてください」

思わず頭を下げようとすれば、サヤンがすぐにそれを制止した。

「え？」

「お辞儀は身分の高い者へとするものです。貴方が頭を下げる相手は皇帝陛下とエルトゥール様だけです」

「あ……」

そういえば、エミネにも同じことを言われた。頭を下げる、お辞儀の文化はこの国ではあくまで身分や立場の上の人間に対してするものだと。つい癖でやってしまうのだが、気をつけなければならない。

「貴方がどこまで剣が使えるようになるかはわかりませんが、エルトゥール様のためにもよいかもしれません。あの方は、人が切れないので」

「エルトゥール様が、ですか……？」

エミネからは、エルトゥールは騎兵としての能力は勿論、素晴らしい剣の使い手であると聞いていた。

「模擬戦でしたら、とてもお強いですよ。それこそ、私など足下にも及ばないくらい。けれど……おそらく実際に人を相手にした時に、あの方は人が切れない」

「どうして……」

「貴方には、話しておきましょう。エルトゥール様が、幼い頃に母君を亡くされているのはご存知ですか？」

「あ、はい。それは……聞いています」

「元々身体が弱い方だったようですが、原因はエルトゥール様を暗殺しようとするギョナム皇妃の手の者からエルトゥール様を庇い、負った傷が原因でした。即死ではなかったとはいえ、目の前で母君が切られたことは、エルトゥール様の心の傷になっています。だから、あの方は剣は持てても人は切れない」

だから、優良も自分のことは自分で守れるようになった方がよいだろうと、サヤンはそう判断したようだ。

サヤンの話を、優良は呆然と聞いていた。ギョナム皇妃は、自身の子ども、ギョクハンを皇帝にするためにならなんだってする。ハレムに入れば、命の危険すらある。エルトゥールが言っていた言葉の真意が、ようやくわかった。

優良が神の愛し子であるとエルトゥールが公に口にしないのは、そうすればエルトゥールに皇位継承の意思があると思われてしまうからだ。

そんな危険を背負うくらいなら、最初から優良のことなど放っておいた方がいい。それなのに、エルトゥールは優良を妃にしてくれた。

「サヤンさん……僕、頑張ります。エルトゥール様を、守れるくらいに、強くなります」

エルトゥールが守ってくれた命だ。いつか、エルトゥールを守れるようになりたい。

決意とともにそう口にすると、サヤンは深く頷いてくれた。

5

緊張した面持ちで、優良はゆったりとした、座り心地のよいソファの上に縮こまっていた。

目の前のテーブルの上のカフヴェスィと、皿に載せられた菓子は、先ほど美しい女官が持ってきてくれたものだ。

宮殿で働く女官は、その服装で明確に力関係がわかるようになっている。

豪奢な衣装が着られるのは皇帝の子を産んだ女性や気に入られている女性、ほとんどの女性はどちらかというと地味な、薄いクリーム色のような服を着ている。

給仕をしてくれた女性はデリンといい、装いが華やかであるため、おそらくそれなりの特権は与えられているのだろう。

まあ……皇帝の私室に入れるくらいだし、それはそうだよね。

視線を彷徨わせていると、目の前に座る恰幅のよい男性がその口を開いた。

「カフヴェスィは嫌いか？　甘くしてあるから、飲みやすいと思うんだが」

「い、いえ好きです。……頂きます」

ビクリと身体を震わせた優良は、目の前にあるカップに手を伸ばし、ゆっくりと口をつける。

皇帝の私室で、二人きりでお茶をする。一体、どうしてこんなことになってしまったのか。話は、半刻ほど前に遡る。

サヤンに剣を習い始めてからは訓練がなくなったため、優良はこれまでのように空いた時間は庭園の手伝いをしていた。

未だに優良を見てこそこそと何かしら言っている女性もいるが、それも以前よりはだいぶ少なくなった。

訓練により体力がついたため、今までとは違って女性が苦手な力作業ができるようになったこともあるのだろう。

何を言われても気にすることなく、黙々と仕事をし、庭師の男性たちと話をしていると、自然と優良を悪く言う人間も減っていった。

今までのような自信なさ気な態度や、周りとのコミュニケーションを避けてきた優良自身にも問題はあったのだと、ようやくわかった。

勿論、これが人権の確立された現代日本であれば、嫌がらせをする人間の方が悪いと糾弾できるのだろうが、ここは時代も文化も違う世界の宮殿の中だ。

自分自身が変わらなければ、ここで生きていくことはできない。そう思い、開き直れば優良の環境はこれまでよりずっと良くなった。

最近は、挨拶程度であれば会話をしてくれる女性もいる。

この世界に来てからすでに半年が経っており、だいぶここでの生活にも慣れてきた。

そして、今日も今日とていつも通り庭に足を運んだのだが、途中で先ほど給仕をしてくれた女性に呼び止められたのだ。

青い瞳に白い肌、銀に近い金色の髪、少しだけ雰囲気がエルトゥールに似ていた。

「愛し子様、皇帝陛下がお話をしたいと言っております」

こっそりと、囁(ささや)くように女性は優良へと伝えた。

「デリン様……」

今日は一緒にサヤンも来ていたのだが、女性の姿に驚いたような顔をした。

「愛し子様には、貴方がついているのですか。エルトゥール殿下が、とても大切にされているのですね」

デリンはそう言って微笑むと、少しの間だけ愛し子様をお借りしますとサヤンに伝え、そのまま優良を宮殿の中へと導いた。

サヤンが何も言わずに見送ったため、身の危険がないことはわかったが、久しぶりに入る宮殿に少しばかり足がすくんだ。

そして、連れてこられた私室ではデリンが言うように皇帝が待っていた。

皇帝の姿は、初めて謁見した後も時折目にすることはあったが、ほとんどは宮殿の回廊を歩く姿を遠目に見るだけで、話しかけられたことは一度もない。

一体、自分になんの用があるのだろうかと、身がすくむ。

「愛し子殿」

「は、はい」

慌ててカップを置いて皇帝の方を見る。厳しい顔は、いつもより心なしか穏やかに見える。

「そんなに、緊張しなくていい。エルトゥールの妃なのだから、一応俺はお前の義父ということになるんだから」

「はい、それは……」

確かにその通りではあるのだが、皇帝がこの国で誰より権力を持っていることもまた確かだ。

「突然呼び出してすまなかった。だが、お前とは以前から一度話してみたいと思っていたんだ。神の愛し子殿としてではなく、エルトゥールの妃として」

「え……？」

一体、どういう意味だろうか。

「エルトゥールが俺のことを嫌っていることは知っているな？」

「あ……すみません。あまりよく、知らないんです」

エルトゥールが、決して皇帝のことを父とは言わないことは知っていた。あまり、良い感情を持っていないことも知っている。

ただ、それをわざわざ皇帝を目の前にして言う気にもなれなかった。

「エルトゥールから、俺のことを聞いたことはないのか？」

「皇帝陛下の功績に関しては、お聞きしたことがあります。大変素晴らしい治世をしていらっしゃると。お母様とのことに関しては聞いたことがありますが、皇帝陛下についてのお話は……」

よほど意外だったのだろう。皇帝が怪訝（けげん）そうに片眉を上げた。

「愛し子殿は、普段エルトゥールとなんの話をしているんだ？」

「とりとめのない、お話です。今日あった出来事、面白かったことや、嬉しかったこと。僕はあまり面白い話ができないのですが、エルトゥール様は全部聞いてくれます。エルトゥール様も、軍での出来事や出かけた先での出来事を、色々と教えてくれます。エルトゥール様のお話は、面白いです」

そう言って、優良はちらりと皇帝の顔を見たのだが、驚いた。

皇帝が、とても穏やかで優しい顔をしていたからだ。

「そうか……。いや、愛し子殿が来てから、エルトゥールの雰囲気が変わっていたから、その理由が知りたかったんだが。やはり、愛し子殿の影響だったようだな」

「い、いえ……僕は何も」

「謙遜をするな。おそらくエルトゥールは、お前のことを愛おしく思っているんだろう。以前より、表情が穏やかで毎日が楽しそうだ」

そうだろうか。優良にしてみれば、エルトゥールは最初から表情は優しかったし、これといった変化は感じられない。

ただ、あまり饒舌ではないエルトゥールだが、優良には色々な話をしてくれるのは嬉しかった。

「もしよかったら」

「は、はい」

「時々こうして、エルトゥールの話を聴かせてもらえないだろうか」

「え……？」

「あいつは俺に、絶対に心を開くことはない。実は、愛し子殿を妃に迎えたいと言われた時、数年ぶりにあいつの方から俺に話しかけてきたんだ。皇帝としての威厳は保とうとしてくれているのか、命令は聞くし、質問すれば答えるが、それはあいつが軍を預かっているからだ。……あいつは、俺を父だと思っていない」

「そ、そんなことは……」

言いながらも、皇帝の言葉に優良は気づいてしまった。出会ってから、妃に迎えてもらうまで、一度もエルトゥールが自分を皇子だと、皇帝の子だと言わなかったのはそれが理由なのかと。

「いや、いいんだ。それだけのことを、俺はしたんだ」

そう言った皇帝の表情はどこか寂しそうで、そしてその時の青い瞳はエルトゥールによく似ていた。

一体、二人の間に何があったのだろうか。そんな優良の気持ちを察してくれたのだろう。皇帝は小さくため息をつくと、ゆっくりとエルトゥールと、そして自分の過去を話し始めた。

「エルトゥールの母親はアナトリア民族ではなく、征服したルーシーの国の王族で、奴隷としてこの国にやってきた」

奴隷という言葉にドキリとするが、優良の想像する奴隷とこの国の奴隷が違うことは知っている。

アナトリアの奴隷の扱いは召使に近く、他民族から献上された人間のほとんどは同じように呼ばれている。ハレムにいる女性の多くも、元々は奴隷だった。

「エミリヤは美しく、とても気立ての良い女だった。一目で恋に落ちた俺は、彼女をハレムに入れ、側女にした。最初は俺のことを恐れていたが、少しずつ笑ってくれるようになり、彼女に子ができた時には、嬉しくてこの世のすべてに感謝をした。ただ……恐ろしくもなった。元々、その頃は疫病も流行っており、俺の子どもは長く育たないことが多かった。巷では、この国が長い間多くの兄弟を殺してきた報いではないかと言われた」

　アナトリア帝国の慣習の一つに、兄弟殺しというものがあった。現皇帝であるカラハンの代からそれはなくなったが、それまでの皇帝はみな、即位と同時に他の兄弟を処刑か自害させていたのだ。皇位争いにより国が荒れることを恐れてのことだったが、若い頃から遠征を繰り返し、大帝国を築いたカラハンはそれを厭い、兄弟は殺されることはなかったが、みな身分を平民とし、国外追放となった。

「だから皇帝陛下は、即位した際に兄弟を殺すことを、法律で禁じたのですね」

「ああ、そうだ」

　元々、兄弟殺しは慣習で法的強制力があったわけではない。だからこそ、今度はそれを禁ずる法律を作った。おそらく、自分の子どもたちが後々争うことがないように。

「エミリヤは元々身体が強くなかったため心配したが、元気な男の子を生んでくれた」

「それが、エルトゥール様なんですね」

「そうだ。他の子どもが可愛くないわけではないのだが、やはりエミリヤの子であるエルトゥールは俺にとって特別だった。だが、表面上は他の妃の子どもと変わらぬように接してきたつもりだったが、ギョナムにはわかってしまったのだろう。元々、エミリヤに対して冷たくあたっていたが、嫌がらせはますますひどくなっていった。ギョナムは帝国内でもっとも力のある部族の長の娘で、プライドも高い。刺激すれば、それこそ俺の他に皇帝をたてるなどと言いかねないと思った」

これまでであれば、兄弟殺しから他の皇位継承者は亡くなっていたが、それをやめてしまっているため、国外を探せば候補者はいくらでもいるからだろう。

「エミリヤに頼まれた俺は、彼女のために屋敷を作った。宮殿からは少し離れていたが、花に囲まれたきれいな屋敷だ」

「あ……」

もしかして、それが。

「ああ、今エルトゥールとお前が住んでいる屋敷だ。母との思い出がつまった屋敷に、あいつは滅多に人を入れなかった。思えば最初から、お前はエルトゥールにとって特別だったのかもしれないな」

「いえ、そんなことは……」

さすがに、そこまで自惚(うぬぼ)れる気にはなれない。だが、それほど大切な屋敷に自分を迎え入れてくれたことを、改めて嬉しく思った。

「大きくはないが、日差しがよく入る、暖かい良い屋敷だろう？　だが、毎日のようには通えなかった。ギョナムの目もあったし……エミリヤからも、あまり足を運ばぬように言われていた」

「え……そう、だったんですか？」

「どういう意味だ？」

「その……エルトゥール様から、自身の母親は以前は皇帝陛下の寵を受けていたものの、興がそがれたこともあり、最後はほとんど屋敷に来ることはなかったと、お聞きしていました」

説明した時のエルトゥールの口ぶりは、淡々としていて、まるで他人事(ひとごと)のようだった。けれど、静かな焔(ほむら)のような怒りがその青い瞳からは感じられた。

「最初の頃は、それこそ少しでも二人の顔が見たくて毎日足を運んでいた。けれど、エルトゥールがギョクハンと同じ年だったこともあり、二人の間に後継者問題が持ち上がると、日に日にギョナムの嫌がらせはひどくなり、エミリヤの心は苛まれていった。静かに暮らしたい、もう、来ないで欲しいと泣かれ、仕方なく俺は訪れる回数を減らした。ちょうど、東方の国々との諍(いさか)いの調停に向かうため、宮殿を留守にすることが多かったこともある。……そんな時、遠征先でエミリヤがエルトゥールを庇って切られたという話を聞いた。すぐに馬を走らせ帝都に戻ったが……間に合わなかった。屋敷に入った俺が目にしたのは、寝台で眠るように瞳を閉じていたエミリヤと、その傍らで涙一つ零さずに立っていたエルトゥールの姿だった」

静かな憤りと深い後悔、皇帝の言葉からはそれが強く感じられた。

怒りを向けているのは、おそらく自分自身に対してだろう。

「どうして……そのことをエルトゥール様に、お話ししないんですか？」

「エミリヤが切られたのはエルトゥールを庇ったからだ。怒りをぶつける相手がいなければ、エルトゥールは気持ちの持っていき場がないだろう。それに、エミリヤを守れきれなかった責任は俺にある。だが、だからせめて俺はエルトゥールのことだけは守りたいと、そう思っている」

カラハンが、息子であるエルトゥールを深く愛していることが、よくわかった。

けれど、エルトゥールはおそらくカラハンのことを恨んでいる。それは、二人の間に大きな誤解があるからだ。

カラハンが何も悪くないとは言えない。しかし、それでも愛する息子から憎しみしか向けられていないカラハンを、優良は憐れに思った。

「今のエルトゥール様なら……おそらく、真実を知ってもそれを受け止める強さを持っていると思いますが」

「ああ、エルトゥールの心の強さは俺もよく知っている。だが、できればあいつには何も話さないでくれ。でなければ俺が、自分自身を許せないんだ」

そう言ったカラハンの言葉は、ひどく苦し気に聞こえた。誰より愛した人の忘れ形見と心が通わせられることが許されないのだ。辛いに決まっている。

「……さすがに、毎日というわけにはいきませんが……」

俯きがちだったカラハンの顔が、ゆっくりと優良へ向けられる。

「時々こうして、エルトゥール様のお話をさせていただけたらと思います。もしよろしければ、昔のエルトゥール様のお話も教えてください」

エルトゥールのあずかり知らぬところで、カラハンと交流をするのはあまりよくないことはわかっている。

二人の問題は複雑で、自分が立ち入れるようなものでもないだろう。けれど、それでも事情を知ってなお、放っておくこともできなかった。

「ああ……勿論だ。感謝する、愛し子殿」

カラハンの笑みは嬉しそうで、とても穏やかなものだった。


その後、いくつかの世間話をした後、優良は再びデリンと呼ばれる女性に連れられ、サヤンのもとへ送り届けられた。

宮殿内で待機していたらしいサヤンの表情は、いつも以上に気難しいものだった。

「……皇帝陛下と、お会いになっていたのですか？」

「え？」

屋敷への道すがら、サヤンから問われた言葉に優良の表情が強張る。

「デリン様は陛下の寵姫です。デリン様に呼ばれたということは、陛下の呼び出しだと……いえ、出すぎた質問でした。すみません」

「あ、いえ……」

寵姫、という言葉に少しだけ引っかかりを覚えたのは、カラハンとデリンの間は親し気ではあったが、そういった色艶（いろつや）めいたものは感じられなかったからだ。

まあ……皇帝なんだし、女の人も選び放題だとは思うんだけど。

「エルトゥール様には黙っていた方がいいでしょう。おそらく、貴方が陛下とお近づきになることをエルトゥール様は良く思わない」

「そう、ですよね。でも……」

優良は、遠回しにこれからも皇帝と会うことになった話をサヤンに伝えた。

「それは……まったく貴方は次から次へ問題を持ってきてくださる。まあ、安心してください。俺の口からも何も話すつもりはありません。それに、陛下とエルトゥール様の関係が改善されるきっかけになるなら、喜ばしいことだと思います」

サヤンの言い方は相変わらず手厳しいが、それでも口調は以前よりだいぶ優しくなっていた。

「デリン様が間に立ってくださるのが一番だと思ったのですが、それをすればかえってこじれるでしょうしね」

「え……？」

どうして、デリンの名前がここに出てきたのだろう。

サヤンの独り言のようなその言葉に、なぜか優良は引っかかりを覚えた。

「聞いていませんか？　デリン様はエルトゥール様の母君であるエミリヤ様の妹君です。年齢も十歳ほどしか離れておりませんし、エルトゥール様にとっては初恋の方でもあるんですよ。そんなデリン様を側女に添えた皇帝陛下に反発を覚えるのも、致し方ないことなのですけどね」

「そ、そうだったんですか……」

出た声があまりにも暗くなってしまったことに、優良自身驚いた。デリンが、エルトゥールの初恋の人。白い肌に、長い金色の髪、そして美しい空色の瞳。

自分とは似ても似つかない美しいデリンの姿を思い出し、優良の胸にはツキリと痛みが走った。

「あ、申し訳ありません。エルトゥール様の妃である貴方に聞かせる話でもなかったですね」

優良の表情が沈んでしまったことに、サヤンも気づいたのだろう。慌てて、そんな言葉を付け加えてくれた。

「い、いえ……そんなことは。デリン様、美しい方でしたものね」

「エミリヤ様の若い頃にもよく似ているそうです。皇帝陛下がお傍に置きたくなるはずですね」

亡くなった母親の面影を持つ、美しく優しい人。もしかしたら、エルトゥールがカラハンに強い憎しみを抱いているのも、そういった事情もあるのかもしれない。

……なんで、落ち込んでるんだろう、僕。

優良はエルトゥールの妃とはいっても、保護する名目でそうなっただけだ。

エルトゥールの方だって、優良をそういったつもりで妃に迎えたわけではないだろう。

それよりも、それこそ今はサヤンが言うように、エルトゥールとカラハンの間が少しずつでも改善されることを願うべきだ。

そう自分に言い聞かせ、優良は自身の心を誤魔化した。

＊＊＊

「珍しいな、紫のラーレか」

エルトゥールの私室の大きな花瓶に優良が花を飾っていると、ちょうどエルトゥールが公務から帰ってきた。

「あ、お帰りなさいませ、エルトゥール様。お出迎えができず、ごめんなさい」

慌てて居住まいを正そうとすれば、やんわりとそれを制された。

帰りはもう少し遅くなると聞いていたが、おそらく予定が変わったのだろう。

「美しいな」

「はい」

窓際に置かれたラーレの花は、ものが少ないシンプルな部屋に彩を与えてくれた。

ラーレは、優良が知るチューリップの花によく似た植物で、アナトリア帝国の国花でもある。ラーレ宮殿と言われるだけのことはあり、色とりどりの花が宮殿中に咲いているが、紫の花は珍しい。

「母が、この花が好きだったんだ」

懐かしそうに、エルトゥールが花弁を見つめる。

ラーレの花をエルトゥールの部屋に生けるように助言したのは、カラハンだった。

紫のラーレは咲かせるのがとても難しく、希少価値の高いものだったが、エミリヤが好きだったこともあり、カラハンはずっと育て続けていた。

他の多くの花は庭師に任せてあるのだが、紫のラーレだけはカラハンは手ずから育てているのだ。

エミリヤが好きだと言っていた花で、プロポーズをした時に渡した思い出の花だとも言っていた。

「そういえば、お前は花を育てるのがとても上手いと庭師たちにも評判のようだな」

「え？」

「愛し子の能力じゃないか、なんて言っていたぞ。この花も、お前に生けられてとても嬉しそうだ」

「そんなことはありません……あまり、植物に触った経験がなかったので、他の方々の真似をするだけでいっぱいいっぱいですよ」

「そうなのか？　植物に関しても、とても詳しいと感心していたが」

「知識だけなんです。図鑑……本はたくさん読んでましたし、見たこともありますが、僕自身が世話をしたことはほとんどありませんでした」

　日本にいた頃だって、別に植物が嫌いだったわけではないが、接する機会はほとんどなかった。

「花を育てるのに、本の通りにはいかないんだってわかりました。当たり前ですよね、一つ一つの花にも個性があれば、風や日の当たり方だって全然違うんですから。だけど、毎日少しずつ変わっていく花を見るのはとても面白いです」

　自然は偉大なる父、自然に帰れという言葉は学んだことがあったが、その言葉の意味をこの世界に来てようやく理解することができた。

「なるほど……不便なことが多い世界で、大変な思いをしているかと思ったが、そうじゃない部分もあったなら、俺も嬉しく思う」

エルトゥールの言葉に、優良はハッとする。

「ど、どうして」

アナトリアは優良がいた現代社会に比べれば文明は未発達で、不自由なことが多い。表情には出さないようにしていたのだが、知らずに表に出てしまっていたのだろうか。

「異世界からの愛し子の多くは、この世界の習慣に戸惑っていたという記録が残っているからな。中にはあまりの不便さに文句ばかりを言っていた愛し子もいたそうだ。だが、お前は愚痴一つ言っていない。我慢しているのだろうと思っていたんだ」

「確かに……僕のいた世界はこの世界よりも文明は進んでいますし、おそらく未来なんだとは思います。でも、この世界にも、アナトリアにも良いところはたくさんあります。何より、エルトゥール様にも、お屋敷のみなさんにもとてもよくしていただいて……その、とても幸せだと思っています」

優良は自分よりも高い位置にあるエルトゥールの目を見つめ、微笑む。

どんなに不満を言っても、嘆いても優良はもうこの世界で、アナトリアで生きていく以外の道はないのだ。

それに、不自由なことや戸惑うことはまだまだあるものの、半年という時が過ぎ、少しずつこの世界に愛着が湧いているのも事実だ。

おそらくそれは、エルトゥールが優良のことをとても気遣い、大切にしてくれているからだ。

「……そうか」

わずかに、エルトゥールの頬が赤くなった。

「俺も、お前がこの世界に来てくれてとても嬉しい。だから、お前がそう思ってくれているなら何よりだと思う」

「はい、ありがとうございます」

笑顔で頷けば、エルトゥールが穏やかに笑み、優良の髪を優しく撫でた。

そして、エルトゥールの視線は再びラーレの花へと向く。その表情を見ていれば、カラハンが言っていた通り、エルトゥールにとっても大切な花であることがよくわかる。

カラハンの言う通り花を持ってきてよかったと思う一方で、優良の心に暗い影が、罪悪の念が芽生える。

エルトゥールには何も伝えないまま、あの後もカラハンとの交流は続いていた。

毎週、というわけにはいかないが、月に数度は話し相手になっている。幸いのところ、それが周囲に知られている様子はないが、それがこのまま続くかどうかはわからない。

優良自身、こんなにもカラハンとの交流が続くとは思っていなかったのだ。

次で最後にしよう、と毎回思うのだが、エルトゥールの話を聞くカラハンの表情があまりに嬉しそうで、そこに厳格な皇帝の姿は見えない。そのため、なんとなく交流が続いてしまっていたのだ。

カラハンとの話の内容は、とりとめのないものばかりで、それこそ政治的なものもなければ、愛し子としてのものでもない。

けれど、エルトゥールに黙ったまま、秘密裏に交流を続けていることは、優良の心に大きな影を落としていた。

さすがにそろそろ……終わりにしないと……。

エルトゥールにとっては、裏切りと感じる可能性だってあるのだ。それは、優良にとってとても不本意だ。

そして、優良が懸念していた通り、カラハンと交流を持っていたことがエルトゥールの耳に入ったのはそれから一月後のことだった。

＊＊＊

エルトゥールがラーレの花を喜んでいたことを伝えると、カラハンはたいそう喜び、その後もたくさんの花を優良へ持たせてくれるようになった。

そのため、カラハンに事情を話し、二人で話す時間は減ったものの、交流は結局途絶えることはなかった。

大きな花瓶に生けられたたくさんの花を見つめる。今日は、エルトゥールの誕生日だということもあり、カラハンから受け取った花はいつもの倍以上だった。優良は隣に立つ麗人へと頭を下げた。

「すみません、運ぶのを手伝っていただいてしまって」

「大した重たさではありませんから、大丈夫ですよ」

デリンが優しい笑みを返してくれた。

カラハンとの面会を続けるにつれ、デリンとも随分親しくなった。

最初の頃は、カラハンの寵姫でエルトゥールの初恋の人だということに複雑な気持ちもあったが、デリンがカラハンの寵姫だというのは、表面上のものだということはデリンから教わった。

カラハンがデリンを傍においているのはエミリヤの妹だということもあり、その命を狙われる可能性があったからだという。

あくまで身の回りの世話をする側女として置き、正式な妃としていないのもギョナムからの嫉妬(しっと)を未然に防ぐためだった。

エミリヤを守れなかったからこそ、そんなエミリヤが大事にしていた妹を守りたいという気持ちがあったのだろう。

「エルトゥール様には、会っていかれますか？」

「やめておきます。あまり、私の顔を見ても面白くないと思いますから」

「そ、それは……おそらく、誤解をされているからで」

「え？」

どうしよう、説明すべきだろうか。エルトゥールはおそらくデリンのことが好きで、だから皇帝に嫉妬しているのだろうと。

けれど、これはサヤンから聞いた話で、エルトゥールの気持ちを優良が口にするのは憚(はばか)られた。

なんでもないって、言った方がいいよね……。

不思議そうな顔のデリンに見つめられながら、優良が口を開こうとすれば。

「ユラ？　客人が来ていると聞いたが……叔母(おば)上？」

ちょうど扉が開かれ、公務から帰ってきたらしいエルトゥールが室内へと入ってくる。

「あ……」

おそらく、誕生日ということもあり、軍の仕事を途中で切り上げてきたのだろう。

デリンを見たエルトゥールの表情は驚き、さらに額には深い縦皺が刻まれた。

「どうして叔母上がここに」

エルトゥールはデリンから視線を逸らすと次に優良を見つめ、さらに二人の背後にある花瓶に挿されたラーレに目を留めた。

「もしかして、そのラーレは皇帝の……！」

エルトゥールの眦が険しくなる。

そのままズンズンと進み、今にも花瓶に手を伸ばしそうになるのを、すんでのところでデリンが止める。

「おやめください」

「皇帝に頼まれて、ラーレを持ってきたのは貴女なのか⁉」

エルトゥールが、厳しい声でデリンに問う。聞いたことがないほど怒気を帯びたその声に、優良はびくりと身体を震わせた。

「はい」

デリンは怯むことなく、真っすぐにエルトゥールを見つめて答えた。

その言葉に、ますますエルトゥールの表情が険しくなる。

「ち、違います！」

拳を握りしめ、優良は勇気を振り絞って声を出した。

「皇帝陛下に頼まれてラーレの花を持ってきたのは、僕です。デリンさんには、頼んで手伝ってもらっただけです」

優良の言葉に、エルトゥールは信じられないとばかりにその瞳を大きくした。

「ユラが？」

「はい……」

震えそうになる手をギュッと握りしめ、優良がエルトゥールを見つめる。

「もしかして……これまで飾っていたラーレの花も、お前が皇帝からもらってきたものなのか？」

「……はい」

静かながらも、エルトゥールの言葉には強い怒りが感じられた。

エルトゥールはしばらくの間呆然としていたが、すぐにこれ見よがしに息を吐いた。

「何も知らないような顔をして、皇帝に取り入っていたのか。舐められたものだな、俺も」

失望と、落胆。エルトゥールの言葉が、優良の心に鋭い刃となって刺さった。

「エルトゥール様……」

咎めるようにデリンが口を開いたが、エルトゥールの視線は優良へと向けられたままだ。

「皇帝に伝えておけ。二度と汚らしいその花を俺に見せるなと。お前も、ここにいたければこれから皇帝に会うのはやめておくんだな」

エルトゥールの冷たい声色に、優良の小さな胸はズキズキと痛んだ。けれど。

「……できません」

「なんだと？」

「このラーレは、皇帝陛下が大切に育てた花です。エルトゥール様に渡す花は、その中でも特に美しい花を選んでいました。皇帝陛下が、エルトゥール様を大切に思って」

「黙れ！」

エルトゥールが声を荒らげ、ラーレを花瓶ごと床へと叩きつけた。

ガシャンという音に、慌てたように部屋の外で控えていたエミネが中へと入ってくる。

「あ……」

割れてしまった花瓶と、床に落ちたラーレに優良は呆然としながらも、膝を折り、ラーレに手を伸ばす。

「あいつが俺を大切に思っている？　バカも休み休み言え。母上がどんな気持ちであいつを待ち続けたと思う!?　俺はあいつを、父親だと思ったことは一度もない！」

普段は冷静で温厚なエルトゥールが見せる激情に、デリンも、そしてエミネさえ何も言えなくなっていた。

「エルトゥール様が皇帝陛下を許せないという気持ちはわかります。皇帝陛下も、過去のことは深く悔いています。陛下もエルトゥール様に許して欲しいわけじゃないと思います。それに、陛下はエルトゥール様のたった一人のお父さんなんです、だから、陛下が大切に思う気持ちだけは、信じてください」

「信じる……俺があいつを……？　実の父親だから……？」

エルトゥールの手が憤り、わなわなと震えた。

「勝手なことを言うな！　実の親の顔さえ知らないお前に、俺の気持ちがわかるものか！」

ひときわ大きなエルトゥールの怒声が、シンとした室内によく響いた。

部屋の中に、嫌な沈黙が流れる。

「エルトゥール様！」

けれどそれは一瞬のことで、すぐに窘めるようにデリンが声を出した。

ハッとしたエルトゥールが、優良の顔を見つめ、ひどくきまりの悪そうな顔をする。

優良はそこで、自身の瞳から涙が零れていたことに、ようやく気づいた。

エミネもデリンも、非難めいた視線をエルトゥールに送る。

「ご、ごめんなさい」

その空気に耐えられず、優良はそれだけ告げると部屋から飛び出した。

エルトゥールが驚いたような表情をしていたのはわかったが、気づかぬふりをした。

午後の中庭は、心地よい陽光に照らされていた。

普段は何人もの庭師が広大な庭の世話をしているが、すでに作業を終えたようで、人の姿は見当たらなかった。

瀟洒(しょうしゃ)な長椅子に腰かけ、ぼんやりと優良は庭を見つめる。

今はラーレの花が一番きれいな季節らしく、色とりどりの花弁が咲き乱れている。

大柄で厳(いか)めしい顔をしたカラハンが、ラーレの花を世話する姿を思い出し、ほんの少し心が軽くなった。

同時に、エルトゥールから投げられた言葉を思い出し、心が鉛のように重くなる。

……エルトゥール様の言った通りではあるんだよね。実際、僕は両親の顔だって知らないし。

言われた瞬間は、ショックで頭が真っ白になってしまったが、少し頭を冷やせば、エルトゥールにとっては余計な世話であったとも思う。

これは親子の、カラハンとエルトゥールの問題であり、容易に優良が踏み込んでいい領域ではない。だから、エルトゥールが怒るのもある意味、仕方がない。ただ、それでも。

妃として受け入れてもらったからって、しょせんは厄介な居候くらいにしか思われなかったのかな。

この数ヶ月寝食をともにしたことにより、エルトゥールの心に優良は近づけたつもりでいた。

エルトゥールと過ごす日々は楽しかったし、色々と気遣ってもらえるのも嬉しかった。

他に頼れる人間がいないという点を除いても、優良にとってはエルトゥールはとても大切な存在になっていた。

そう思ってたのは、僕だけだったのかなあ……。

考えれば考えるほど、気持ちが落ち込んでいく。もういっそ、サヤンに頼んでシャニサリーの訓練生にしてもらうか、デリンに頼んでハレムに入れてもらった方がいいだろうか。

そうして何度目かのため息をついたところで、草を踏む音が聞こえ、ゆっくりと顔を上げた。

「あ……」

華やかな金色の髪に、端整な顔立ち、どこか不機嫌そうな表情。

そこにいたのは、第一皇子のギョクハンだった。

優良の存在に気づくと、形の良い眉を吊り上げる。

「し、失礼します……」

「おい」

慌てて長椅子から立ち上がろうとすると、ギョクハンによってそれを遮られる。

「別に、取って食ったりしねえよ」

「え……？」

そう言うとギョクハンは、優良の隣にどかりと腰を下ろした。

えっと……ここにいてもいいってことなんだよね……？

こっそり盗み見れば、ギョクハンは優良にかまうことはなく、庭の方をじっと見つめている。

同い年だという話だが、上背はエルトゥールよりも少しばかり高そうだ。

褐色の肌の色にエキゾチックな顔立ちは、カラハンとよく似ている。

瞳の色は、エルトゥール様よりも濃い青なんだ……。

思わず見惚れていると、硝子玉のような青い瞳が優良の方へと向いた。

まずい、と慌てて視線を逸らす。

「エルトゥールと喧嘩でもしたのか？」

「は……？」

「目が腫れてる」

ギョクハンに指摘され、咄嗟に手を目元へと伸ばす。

「触るな。……少し待っていろ」

長椅子から立ち上がったギョクハンは、そのままどこかへ歩いて行ってしまった。

最初ギョクハンの姿を見た時には恐ろしさしか感じなかったが、今日は機嫌が良いのか、優良に何か言ってくることもない。

初対面の時の印象からつい身構えてしまったが、そういえば何度か王宮の庭ですれ違うこともあったが、何か言われるようなことはなかった。

とりあえず、言われたようにそのまま長椅子に座っていると、すぐにギョクハンは戻ってきた。そして、何か布のようなものを優良に差し出す。

「え……」

「冷やしておけ」

「あ、ありがとうございます……」

優良は礼を言うと、ギョクハンから渡された布を受け取る。

どうやら冷水で濡らしてきてくれたようで、そのまま目頭へとあてる。

熱くなっていたため、冷えた布は心地よかった。

そのまま黙って目を冷やしていると、隣に座るギョクハンがぼそりと呟いた。

「……悪かったな」

「へ？」

「最初に会った時。随分、きついことを言った」

「あ、はい……」

ゆっくりと、ギョクハンの方へと視線を向ければ、相変わらずどこか不機嫌そうな顔がそこにはあった。

「てっきり、何か目的があって愛し子の名を使っているんだと思っていた。例えば、金銭や権力を目的に……」

「それは」

「ああ、わかってる。この数ヶ月見てきたが、お前がこの国にとって害をなす存在でないことくらいはな」

違う、と優良が言う前にギョクハンが自身の言葉を否定する。

「それどころか、少しでもこの国に馴染もうと随分頑張ったようだな？　妃という立場でありながら、シャニサリーの訓練に参加した人間なんて今まで聞いたことがない」

言いながら、ギョクハンの頬が緩む。こんなにも優しく笑える人間だったのかと、優良は驚く。

「なんで、それを……」

「シャニサリーの候補生の訓練風景は時間があれば見るようにしているからな。シャニサリーはこの国にとって重要な存在だ。彼らは過酷な戦場でも、勇気を持って国のために戦ってくれる。王族が大事にするのは当然だ」

大半が異民族で構成されていたシャニサリー、建国当時はどこか差別的な見方をされることが多かった彼らは、その強さを戦場で見せることで、そういった見方も変わっていった。

　それでも純粋なアナトリア人貴族の中には未だ偏見を持つ者も多いが、ギョクハンは違うようだ。偏見どころか、ギョクハンの言葉はシャニサリーへの敬愛の念すら感じた。

　僕も、ギョクハン様のことを誤解していたかも……。

　物言いがきついため誤解を受けやすいが、ギョクハンも彼なりに国のことを考えているのだろう。

「言っておくが、だからといってお前のことは愛し子だとは認めるつもりはない。だが、この国の人間としては認めてやる。だから、もし他に行き場がないなら……俺のところに来るか？」

「は？」

　言われた意味がわからず、首を傾げる。けれど、そんな優良の反応になぜかギョクハンは苛立ったような顔をした。

「エルトゥールに屋敷を追い出されたんだろ？　だったら……」

「ち、違います！　ちょっと口論になっただけで、追い出されたわけでは……」

　否定しながらも、優良の口ぶりは自然と弱々しくなってしまう。本当に、違うのだろうか。

　エルトゥールは優良に対してひどく怒っていた。エルトゥールの性格上、追い出されるようなことはないだろうが、出ていって欲しいとは思われている可能性がある。

俯いてしまった優良に、ギョクハンがこれ見よがしなため息をつく。

「まあとにかく、妃にはできないが小姓にだったらしてやってもいい。だから、もし行き場所がないなら……」

「必要ない」

ギョクハンの言葉は、第三者の声によって途中で遮られた。

「……エルトゥール様……？」

いつからそこにいたのか。

声が聞こえた方に視線を向ければ、張り詰めたような表情のエルトゥールがその場に立っていた。

＊＊＊

エルトゥールの白い馬が、イストブールの街中を走っていく。

それほどスピードは出ていないようだが、落ちやしないかとびくびくと身体が固まる。

それに気づいたエルトゥールが、優良の身体を支えてくれた。

どこに、向かっているんだろう……。

あの後、エルトゥールは優良の手を引き、中庭から連れ出した。

さらにそのまま厩舎まで手を引かれていき、エルトゥールの馬に乗せられたのだ。

行き先を告げることもないエルトゥールの強引な行動に、優良は戸惑う。

もしかしたら、ギョクハンと一緒にいる優良を心配してくれたのかもしれないが、かといってわざわざ口にするのは憚られた。

今のエルトゥールには、それくらい話しかけづらい雰囲気があった。

しばらく馬を走らせ、帝都内を駆け抜けると、その先には広大な高原が広がっていた。

そこでようやく、馬の足が止まる。一陣の風が吹き、緑の草が大きく揺れた。

エルトゥールは軽やかに馬から降りると、優良の身体を抱え、慎重に馬から降ろしてくれた。

「あ、ありがとうございます」

礼を言うと、一瞬エルトゥールの表情は強張り、無言で頷いた。

見晴らしの良い場所だった。空はどこまでも高く、高原の先には川と、さらにその先にはイストブールの街が見える。

優良もエルトゥールも、言葉を発することなくその景色をしばらく見つめていた。

「……ユラ」

名前を呼ばれた優良は、ゆっくりと視線を高原からエルトゥールの方に移す。その声は、少し緊張しているように聞こえた。

「さっきは、すまなかった」

高い位置にあるエルトゥールの瞳は、真っすぐに優良へと注がれていた。

「俺はお前に、とてもひどいことを言った。謝って済む問題ではないことはわかっている。だが……」

何も言わない優良に、さらにエルトゥールは言葉を重ねる。その表情がどんどん気落ちしていくのがわかり、慌てて優良は口を開いた。

「そ、そんな！　気にしないでください。僕の方こそ、エルトゥール様の気持ちも考えず、無神経でした」

勝手にエルトゥールの心の内に踏み込んでいったのは自分の方だ。エルトゥールが怒るのも無理はない。

優良の言葉に、エルトゥールはゆっくりとかぶりを振った。

「違う、そうじゃない。お前が、俺のために言いづらいことを口にしてくれたことはわかっている。癇癪を起こし、八つ当たりをしてしまった俺が全て悪い」

エルトゥールは心底申し訳なさそうにそう言うと、苦い笑いを浮かべた。

「叔母上と、エミネから話は全部聞いた。母の屋敷に皇帝の足が遠ざかったのは、母への興味を失ったからではなかった。母自身が、頼んだことだったんだな」

「あ……」

おそらく、エルトゥールと優良のやりとりを見た二人が、もう全て真実を話すしかないと思ったのだろう。

エルトゥールの皇帝への憎しみは、それくらい根深いものだった。

「そんな顔をするな、俺としては、事実を知ることができてスッキリしたくらいだ。少し、俺の話を聞いてくれるか？」

「あ、はい」

エルトゥールはそう言うと、肩にかけていた外套を外し、草の上へと敷いた。

腰を下ろし、優良もその上に座るように促した。

赤色のきれいな布の上に座ることに少し抵抗はあったが、優良も素直にそれに従った。

「今更言い訳にしかならないかもしれないが、幼い頃の俺は皇帝を、父上を尊敬していたし、父上のことが大好きだった。母と二人、父の訪れがあるのをいつも心待ちにしていたんだ。父上に母上以外の妃がいることは知っていたが、父上が誰より母上を愛してくれていることはわかっていた。俺自身、父上からとても可愛がられていたし、三人で過ごす日々は、とても幸せだった」

言葉を選びながら、ゆっくりとエルトゥールが自身の気持ちを吐露していく。表情はとても穏やかで、けれどその幸せな日々が長くは続かなかったことを知っているだけに、優良の胸は痛んだ。

「今の屋敷に移った後も、これまでと変わらず父上は俺たちのもとを訪れてくれたが、けれど時が経つにつれ、少しずつその数は少なくなっていった。今思えば、それでもそのわずかな時間の中でも父上が母上と俺に愛情を注いでくれていたことがわかる。だが……当時の俺はそうは思えなかった。侍女たちの中には訪れが減った母を陰で嘲笑う者すら出てきて、俺の父への怒りは増していった。切られた傷で元々身体が強くなかった母はどんどん弱っていき、寝台の中、父の名を呼んでいた。けれど……父上は母上の最期に間に合わなかった。俺は、許せなかった。母を守りきれずに、死の間際にすら現れなかった父を」

「……それは」

確か、その時期はカラハンは遠征に出かけていたはずだ。けれど、それを優良が伝える前にエルトゥールが口を開いた。

「ああ、知っている。父上にも、事情はあったことは。いや……本当は、わかっていたんだ。あの父上が、母への愛情を、興味をなくすはずがないということは。事切れてしまった母上の身体を抱きしめ、涙を流し続けていた父上の姿を見れば、どれだけ父上が母上を愛していたかは明らかだった。そういった現実から目を背け、母を亡くした悲しみと怒りを、全て父上にぶつけていた。しかもそれで、お前のことまで傷つけて。……情けない、まるで小さな子どもだな」

エルトゥールはそう言って自嘲すると、もう一度優良への謝罪の言葉を口にした。

「そ、そんなことはないですよ。小さい頃にお母様を亡くしたのに、エルトゥール様は立派に皇子様としての公務を行っているじゃないですか。皇帝陛下も、とてもお喜びになっていました」

それは、常日頃からカラハンが口にしていることだった。ひいき目なしに、エルトゥールの仕事は素晴らしい、騎士団をよくまとめていると言っていた。

「それに、僕のことだってエルトゥール様は助けてくださいました。皇帝陛下へ複雑な気持ちを持っているのに、それよりも僕のことを心配してくれた。多分、エルトゥール様は皇帝陛下と向き合うことを諦めているわけじゃないんだと思います。どこかで、許そうと努力していた。エルトゥール様は、優しい……」

優良の言葉は、そこで途切れた。隣にいたエルトゥールによって、その身体を抱きしめられたからだ。

エルトゥールが好んでいる香のかおりに、ふわりと包まれる。

「……お前は、すごいな」

「え……？」

「あの後、俺はひどく後悔した。いくら苛立っているからといって、俺は言ってはならないことを言ってしまった」

「そ、そんなことは……それに、父と母の記憶がないのは本当のことですし。でも、だからこそ、どこかで家族というものに憧れていたのかもしれません」

育ててくれた父と母への感謝の気持ちは勿論あるし、二人に引き取られた自分は恵まれていたと思う。

ただ、それでも血のつながった子である翼との間にはどこか差があった。

「俺は最初、お前が実の両親に会ったことがないと聞いて、驚いた。いつも笑顔で、他人を気遣うことができるお前からは、想像もつかなかったからだ。まったく違う世界に突然連れてこられたというのに、悲観することもなく、こちらでの生活に少しでも慣れようと、いつも懸命だった。過去にとらわれたまま、先に進むことができない俺とは大違いだ」

言いながら、エルトゥールが優良を抱きしめる手を離し、そのまま肩へと優しく添える。

青い、真摯な瞳が優良を見つめる。

「エルトゥール様……」

「あんなことを言った俺が、お前にこんなことを言うのは厚かましいことだとはわかっている。だが……その、お前が憧れているという家族に、俺とはなれないか？」

「え……？」

「お前が来てから、屋敷の雰囲気が随分と変わった。これまでは屋敷に帰るのは遅くなっても気にならなかったが、お前が待っていると思ったら、帰るのが楽しみになった。まだ頼りないし、俺は気が利く方ではないから、お前のことを傷つけてしまうこともあるかもしれない。だが、俺はこの先もお前と一緒に、生きていきたいと思う」

優良の瞳が大きく見開かれる。嬉しさで、胸がいっぱいになる。

この数ヶ月、エルトゥールはそれこそ親身になって優良のことを気にかけてくれた。エルトゥールがいたから、この世界で暮らしていくことができたのだ。そんなふうに親しみを感じていたのは、自分だけではなかった。

それが、たまらなく嬉しい。

「……これからも、エルトゥール様のお屋敷に住んでもいいってことですか？」

微かに震える声で、優良がエルトゥールに問うた。

「当たり前だ。……ずっと、俺の傍にいてくれ」

自分よりも高い位置にある、エルトゥールの瞳を、真っすぐに優良は見上げる。

「僕の方こそ、これからもよろしくお願いします」

微笑んで、小さく頭を下げる。

それに対し、エルトゥールは驚いたような顔をし、そしてその整った顔をゆっくりと優良へと近づけてくる。

微かなリップ音とともに、優良の唇とエルトゥールのそれが重なった。

え……？

すぐにエルトゥールが身体を離してしまったため、柔らかな感触はほんの一瞬だった。

けれど。

い、今の……キス……だよね？

ドギマギした優良がちらりとエルトゥールを見れば、彼はすでに立ち上がり、遙か遠くを見つめていた。

けれど、その頬には微かに朱が散っている。

「暗くなる前に、帰るぞ」

「はい」

立ち上がろうとすると、手を差し出してくれた。

こういったささやかな気遣いが、優良はとても嬉しかった。

そのまま馬の方に向かうエルトゥールの後を、優良も追いかける。

おそらく、エミネがご馳走を作ってくれているだろう、早く帰らなければ……と考えたところで、優良はハッとする。

「ああ！」

思わず大きな声が出てしまい、エルトゥールが慌てて振り返った。

「何かあったか？」

「いえ……その……、今日は、エルトゥール様の誕生日なので、サヤンさんと一緒にバザールに行く予定だったのですが、すっかり忘れていて……」

まだエルトゥールの正式な妃ではないとはいえ、王宮の仕事をしている優良にはきちんと給金が出ている。

使う機会はほとんどないため、せっかく貯めたのだからとエルトゥールに何かプレゼントを買おうと思っていたのだ。

「ごめんなさい。プレゼント、何も用意できていなくて……」

しょげた顔で優良が謝れば、それを見ていたエルトゥールの口の端がゆっくりと上がった。

「気にするな。それに、もうプレゼントはもらったからな」

「え……」

首を傾げると、エルトゥールの長い指が優良の唇にそっと触れる。

もしかして、先ほどのキスのことを言っているのだろうか。

再び、優良の頬に熱が溜まっていき、エルトゥールはそれを楽しそうに見つめる。

「気温が下がってきたな、早く戻ろう」

「は、はい」

心臓の音が、とても大きく聞こえる。

エルトゥールに話しかけられるたびに、感じる胸の高鳴り。

この気持ちの正体がなんであるのかを、優良は知っていた。

6

五年後――。

エルトゥールの住む屋敷には、迎賓用の広い、大きな部屋がある。

豪奢(ごうしゃ)なランタンが高い天井に輝き、壁紙にはデスヒッパと呼ばれる美しい花の文様が描かれている。

部屋のあちこちには工芸品や絵画が飾られており、とても希少なものばかりだとエミネが教えてくれた。

あくまでゲストを招くための部屋であるため、普段は立ち入ることはないのだが。

「ユラ様、くれぐれもお気をつけください」

「ああっ、やっぱり後で他の者に任せましょう。下りてきてください」

梯子(はしご)の下にいる女官たちが、心配そうに優良を見上げている。

「大丈夫ですよ。この絵画、見かけほど重たくはないですから」

そう言うと、壁の縁に沿いながら、ゆっくりと絵画を壁に立てかける。

片手に持つには大きすぎる絵画は、カラハンからの贈り物だった。

この五年間で、エルトゥールとカラハンの間は目に見えて改善していた。

未だぎこちない部分もあるが、それでも二人の間には会話もあるし、関係性は日に日に良くなっていた。

それにより増えたのは、この迎賓館の調度品の数だ。

これまでエルトゥールに何もしてやれなかったという負い目もあるのか、ことあるごとにカラハンはエルトゥールに贈り物をしていた。

どれも希少なものばかりであるため、扱いはとても難しい。

今、優良が飾っている絵も、現在帝都で一番人気の画家が描いたもののはずだ。

「うん、この位置でいいかな」

絵画を飾る場所を決め、少し視線を離して確認する。

咲き乱れるラーレの花を描いた絵画は、とても美しかった。

そのまま下に下りるべく手のひらで縁を摑み、ゆっくりと梯子に足を伸ばす。

「……え？」

梯子の感触は、確かに感じた。けれどその瞬間、ぐらりと身体のバランスが崩れる。

悲鳴にも似た女官たちの声が聞こえ、咄嗟に優良は目を瞑る。

これくらいの高さであれば死ぬことはないだろうが、打ちどころが悪ければ骨が折れてしまう可能性もある。

それなりの痛みを覚悟しながら、自身の身体が落下していくのを感じたが、けれど受けた衝撃は、想像していたよりもずっと軽いものだった。軽いどころか、床に身体が落ちてすらいない。

一体どういうことかと、優良はゆっくりと瞳を開く。

「……エルトゥール様」

優良の身体は、エルトゥールの逞しい腕に抱えられていた。

ホッとしたのか、優良の言葉に大きなため息をついた。

「危ないところだったぞ。高いところの仕事は無理にすることはないと、前にも言っただろう？」

「ご、ごめんなさい」

ピシャリと言われ、素直に謝れば、エルトゥールの頬が緩む。

端整な顔に、至近距離から見つめられ、優良は気恥ずかしさにこっそりと視線を逸らす。何度も見ているはずなのに、エルトゥールの美しい顔立ちに見つめられると、落ち着かない。

二十二歳になったエルトゥールは、出会った頃の少年の面影がなくなり、しっかりとした体躯の美しい皇子となっていた。

身長もさらに伸び、優良よりも随分高い位置に頭がある。

「あの……重たいと思いますし、下ろしていただけますか？」

「重たい？　何を言ってるんだ？　むしろちゃんと食べてるのか？」

そう言いながらも、エルトゥールは優しく優良の身体を下に下ろしてくれる。

「あまり肉がつかない体質なんだと思います」

優良は十七歳、初めて出会った時のエルトゥールと同い年になっていた。

あの頃は、自分もエルトゥールと同じくらいになれば身長も伸び、がっしりとした身体つきになると思ったのだが、残念ながらそれはかなわなかった。

身長はだいぶ伸びたが、それでもエルトゥールより頭一つ分ほど小さい。

剣は毎日振るっているため、手足にはしなやかな筋肉がついているものの、エルトゥールと並ぶと随分頼りなく見えてしまう。

「エルトゥール様みたいになるはずだったのになあ……」

そんな心の声が、思わず口に出てしまった。優良の言葉が聞こえたらしいエルトゥールが、小さく吹きだした。

「俺は今のままのお前がいいと思うけどな」

「揶揄（からか）わないでください。それにしても、素敵な絵ですね」

先ほど飾った絵は、下から見ると光の入り具合もあり、より美しく見えた。

「ああ、父上が結婚祝いにと送ってくれたものだ」

「けっ……」

さらりとエルトゥールが口にした言葉に、優良の頬が赤くなる。

「勿論、絵画だけではなく正式な祝いは後で送ってくれるそうだ。まったく、結婚するのは俺たちだというのに、随分浮かれているよな」

口ではそう言いながらも、エルトゥールの表情はどこか嬉しそうだ。

アナトリアの法律では、十七歳から男女どちらも結婚が可能となる。

先月十七歳になった優良とエルトゥールの結婚式は、半年後に予定されている。

妃としてエルトゥールの屋敷に住んでいるのだから、結婚は元々決まっていたようなものだ。

けれど、式の日が近づくにつれ、優良の心は少しずつ重くなっていた。

＊＊＊

本当に、結婚してしまっていいのかな……。

中庭の長椅子に座り本を広げた優良は、こっそりとため息をつく。

優良がアナトリアに来て五年。その間、優良はエルトゥールとともに穏やかな日々を過ごしてきた。

カラハンの件で一度だけ仲違いをした時以来、喧嘩をすることもなく、仲睦まじく暮らしてきた。

しかし、だからこそ今の関係を崩すことに、優良は少し抵抗があった。

勿論、エルトゥールへの気持ちを自覚している優良にしてみれば、エルトゥールとの結婚は嬉しい。

考えただけで嬉しさで心の中が綿菓子のようにふわふわになり、とても幸せな気持ちになれる。

けれど、果たしてエルトゥールもそうなのだろうか。喜んでいるのは、自分だけではないだろうか。

そんな疑問を持ち始めたのは、数日前に聞いたカヤンの話がきっかけだった。

第三皇子のカヤンとは、年齢が近いこともあり、この五年間で随分仲良くなった。

口は悪いが、気立ては悪くないようで、優良のことも色々と気にかけてくれていた。

ギョクハンとは違い、皇位継承権にも興味はないため、エルトゥールに対する悪い印象もまったく持っていないというのもあるのだろう。

悪い印象どころか、どちらかといえば敬意すら持っているようだった。

そのためか、ことあるごとに、「なんでお前みたいなちんちくりんが、兄上の妃なんだよ」等と文句を言われたりもする。

絶世の美男子であるエルトゥールと、凡庸な容姿の自分では確かに釣り合いがとれないことは優良もわかっているため、「そうですね僕もそう思います」と苦笑いを浮かべるのだが、カヤンはなぜか面白くなさそうな顔をする。

そして数日前、たまたま王宮内で出会ったカヤンに、優良は言われたのだ。

『お前、本当に兄上の妃になるのか？』

いつもの明るい口調ではなく、その表情はどこか苦し気だった。

『え……？』

『やめとけよ。兄上と結婚しても、幸せになれない』

『どうして……』

そんなことを言うのかと問う前に、カヤンが優良の言葉を遮った。

『元々兄上には、婚約者がいたんだ。二人の意思とは関係なく、周りに決められていたことはいえ、二人の仲はとても良かった。だけど、相手には巫女としての強い力があった。巫女姫に選ばれたことによって、婚約は解消。二人は結ばれることはなかった』

カヤンの言葉を、ただ呆然と優良は聞き続けた。

『もしかして、その巫女姫って……』

『ああ、セレンだよ。多分、兄上は今でもセレンのことを忘れられないはずだ』

頭から冷水を浴びせられたような気分だった。

カヤンは話し続けているが、それすら頭に入ってこない。それくらいショックだった。

『だから、兄上と結婚してもお前は幸せになれない。それなら……』

『それなら？　なんですか』

カヤンの言葉は、優良を迎えに来たサヤンによって途中で遮断された。

『サ、サヤン……』

どうやらカヤンはサヤンが苦手らしく、その表情は明らかに引きつっている。

眉間に皺を寄せたサヤンは訝し気にカヤンを見つめ、その視線に耐えられなくなったのか、カヤンは逃げるようにその場を離れていった。

『まったく、油断も隙もない。ユラ様、どうしました？』

『あ、いえ……、なんでも、ないです』

優良は取り繕ったような笑顔を、サヤンに向ける。震える両の手を、握りしめながら。

考えれば考えるほど、悪い方向に想像をしてしまう
心地よい午後の日差しを浴びながら、優良は今日、何度目になるかわからないため息をついた。
カラハンの前でエルトゥールが優良を助けた時、優良を神の愛し子だと懸命に主張して

いたのはセレンだった。

もしかしたらあれも、優良のためというより、セレンを庇うためだったのだろうか。

白い肌に金色の髪を持つセレンは、エルトゥールの初恋の人であるデリンにもどことなく似ている。

女神のように美しいセレンと自分の容姿を比べると、考えただけで気持ちが落ち込む。

ダメだ……どんどん悪い方向に考えてしまう。

優良との結婚の日取りを決めたのはエルトゥールであるし、その表情はとても嬉しそうに見えた。

けれど……。

「浮かない顔だな、何かあったのか？」

突然聞こえてきた声に、やにわに顔を上げる。

「ギョクハン様……」

出会った十代の頃は常に不機嫌そうな表情をしていたギョクハンだが、最近は精神的にも落ち着いてきたのか、近寄りがたい雰囲気はだいぶ減っていた。

美形ではあるが強面で、さらに仕事に関してはとても厳しいため王宮の兵士たちには恐れられているが、同時に尊敬もされていた。

この中庭はギョクハンも気に入っているようで、あれから何度か会うことがあった。

日頃、王宮内で会ってもギョクハンから話しかけてくることは滅多にないが、周りに人がいないということもあるのか、優良に対しても気軽に話しかけてくる。

優良としても、ギョクハンへの苦手意識はすでになくなっていたため、だいぶ身体の力を抜いて話をすることができるようになった。

「なんの本を読んでるんだ？」

「天文学です。この世界の空は僕がいた世界の空とは星の動きも違うため、とても面白いです」

異世界であるから当然ではあるのだが、アナトリアの空には季節ごとに様々な星が煌めいている。

この時期は特に星が美しく見えるため、帝都では今日から数日間の星祭りが行われる。星祭りには毎年エルトゥールとともに出かけており、今年も優良は楽しみにしていた。

「相変わらずの本の虫だな」

そう言ったギョクハンは、いつものように優良の隣へと腰をかけた。

「頭脳が明晰なのは素晴らしいとは思うが……お前に、愛し子としての能力があればな」

どこか名残惜しげに、ギョクハンが口にする。

五年が経っても、結局優良の愛し子としての力は何も生じることはなかった。

偽の愛し子、と侮蔑されることはなくなったが、逆に愛し子だと言われることも一切なくなった。

それでも、聖堂に行けば神官や巫女たちは優良のことをとても温かく迎え入れてくれる。

「いつもそう言われますけど、ギョクハン様はどんな能力を持つ愛し子が現れればいいと思ってたんですか？」

珍しく優良が言い返したからだろう、意外そうな顔をしながらも、ギョクハンは鼻で笑って言った。

「そんなもの、戦にとって有利な能力に決まっているだろう」

「戦って……」

優良が、開いていた本をぱたりと閉じる。

「皇帝陛下の御代で、すでに領土拡張は終えたと思ったのですが、ギョクハン様はさらに国土を拡げることを望んでいるんですか？」

「当然だ。特に、父上でも落とせなかった西方のヴェアンは、俺の代では絶対に陥落させてみせる」

カラハンが拡げたアナトリアの領土は、大陸の中央部分に大きく広がっている。それでも、西方にはまだいくつもの国々があり、ヴェアンはその中でも特に大きな国だ。

「勇ましいのは結構ですが、これ以上の領土の拡張に関しては僕は反対です」

「理由は？」

「アナトリアの領土は今、大陸でもっとも大きく、皇帝陛下は多くの民族をまとめ上げていらっしゃると思います。けれど、それは各県の軍政官たちの尽力のかいがあってのものです。それこそ、西方に近い県では未だアナトリアの支配への反対派の動きもあるといいます」

専制君主国家であるアナトリアは、国土をいくつかの県に分け、帝都から派遣された軍政官によって治められている。

宗教や税制に関しても柔軟なその専制は穏やかで、比較的安定している。ただ、それは現状での話だ。

「これ以上の領土拡張を急げば、近隣諸国の反発を招き、内部から瓦解(がかい)していく可能性もあります。だから、まずは現在ある国土の維持に努めるべきだと……」

すらすらと自身の考えを口にしてしまった優良だが、ふと隣にいるギョクハンの表情が視界に入ると、慌てて口を押さえた。

ギョクハンの眉間にはしっかりとした縦皺が刻まれており、苛立(いらだ)ちを感じているのは明らかだったからだ。

……まずい、正直に話しすぎた。

近頃は随分気を許してしまっているが、あくまでギョクハンは第一皇子で、皇位に一番近いところにいる人間なのだ。

優良が気軽に意見をしていいような立場の人間ではない。

「忌憚なく言ったな……」

「申し訳ありません」

慌てて頭を下げ、ちらりとギョクハンの様子を見る。

表情こそ引きつってはいるが、どうやら怒ってはいないようだ。

「まあ、お前の言うことは一理ある。だが、これ以上領土は拡げないにしても、軍事力の維持は必要だ。ヴェアンは自分たちとは違う肌の色の人間を、家畜のように扱う。だから、絶対にあの国の支配は受けない」

「その意見に関しては、賛成です」

優良が生きてきた世界とは違い、この国にはまだ戦争や人種差別もあれば、奴隷制度すら存在している。

好戦的に見えるが、ギョクハンは勝機のない戦いをするつもりはないだろう。

ギョクハンが次期皇帝となっても、アナトリアは安泰だろう。

優良がこっそりと微笑めば、ギョクハンはわずかにその瞳を見開き、もの問いたげな顔をする。

「ユラ」

けれど、ギョクハンの口が開く前に、優良は自身の名前を呼ばれたことに気づき、後ろを振り返った。

「エルトゥール様」

にこりと微笑むと、エルトゥールも穏やかな笑みを返してくれる。

「探したぞ、ここにいたのか」

「すみません、今日は天気が良かったので外で本が読みたくなってしまって」

「それはいいが、これからはなるべく屋敷の人間に行き先を伝えてくれ」

「あ、はい。ごめんなさい」

優良が素直に謝罪を口にすれば、気にしなくていいとエルトゥールは穏やかな表情で首を振った。

けれど、それは優良に対してだけで、それが終わればすぐさまギョクハンに冷たい視線を向ける。

「公務はどうした？」

「予定が変わったんだ。お前こそ、ついに騎士団長をクビになったか？」

「……非番だ」

位置的に挟まれる形になってしまった優良は、二人の会話を無言で聞いていた。

互いに相手に対して苛立ちを感じているようで、発している声からもそれは伝わる。

エルトゥールに対してギョクハンが一方的に突っかかることは珍しくはなく、それこそ五年前はエルトゥールの顔を見ただけでも舌打ちをしていた。

ただ、ここ最近はこういった場面を見ることはなかったし、そもそもエルトゥールの方からギョクハンに話しかけていること自体珍しかった。

「俺の妃に気安く話しかけるのはやめてもらえないか？」

「知るか。だいたい、まだ正式に妃になったわけでもないだろ」

ギョクハンの言葉に、エルトゥールの形の良い眉が吊り上がる。

まずい、そろそろ止めなければ。

優良は立ち上がるとギョクハンに一度頭を下げ、そしてエルトゥールの隣まで行き、笑顔で声をかける。

「エ、エルトゥール様、そろそろお茶の時間ですし、帰りましょう」

「……そうだな」

いつも通りの穏やかな表情になったエルトゥールとともに、優良は屋敷の方向へと足を進めた。

二人が並んで歩く姿を、ギョクハンが苦虫を噛み潰したような顔で見つめていたことに、優良は気づかなかった。

王宮の広い中庭を歩きながら、優良はあれこれとエルトゥールに話しかける。

季節は夏で、春に比べると王宮の花々は少ないが、それでも青や紫のきれいな花が庭に彩を与えていた。

けれど、優良が話しかけても、エルトゥールはどこか上の空だった。

聞いていないわけではないようなのだが、心ここにあらずのエルトゥールの様子に戸惑う。

「ユラ」

「あ、はい」

そんなふうに思っていると、今度はエルトゥールの方から優良に声をかけてきた。

「こんなことは言いたくはないんだが……王宮内を歩く際には、一人になるのはなるべく控えてもらえないか？」

エルトゥールの言葉に、優良は何度か瞳を瞬(まばた)かせた。

「それに、俺の妃であるお前が、他の皇子と懇意にしているのを見られるのはよくないと思う」

「あ……」

優良としては、ギョクハンもカヤンもそういった意味で自分を見ていないのはわかっているため、特に気にしていなかったのだが、確かに傍目(はため)にはそうは見えないかもしれない。

自分の行動で、エルトゥールの評判まで悪くしてしまうようなことだけは避けたかった。

「ごめんなさい、僕の考えが足りませんでした……」

だから、素直に謝罪の言葉を口にしたのだが、エルトゥールの方はますます表情を曇らせてしまった。

「あの……？」

「いや、悪いのは俺の方だ。正直に言えば、周りにどう見えるかなんてどうでもいい。それよりただ、俺がお前にギョクハンと二人きりになって欲しくないだけなんだ」

エルトゥールの言葉に、優良は小さく首を傾（かし）げる。

「神の愛し子は、伝承では皇子たちの心を次々に虜（とりこ）にしていったと聞く。それこそ、愛し子を巡って争いが起きた時代もあったそうだ。お前を見ていると、それもあながち伝承ではないんじゃないかと思えてくる」

「そ、そんなことはありませんよ。それに、僕は神の愛し子ではないですし、たとえそうであってもなんの力も持っていない愛し子です」

「いや、それは違う」

優良の言葉を、エルトゥールが静かに否定する。

「お前には、特別な力があると俺は思う」

「え……？」

一体、どういう意味だろうか。それを問おうとしたその時。

「エルトゥール様！」

少し離れた場所から、女性の高い声が聞こえ、エルトゥールも優良も声のする方へ視線を向ける。

聖堂から出てきたらしいセレンが、駆け足で二人のいる場所まで近づいてくる。

「どうした？」

「あ、あの私、今日のお祭りの手伝いに参加しなくてもよいことになって……外出の許可が出たんです」

星祭りは聖堂の主催であるため、多くの巫女はその手伝いに奔走することになる。

けれど、毎年何名かは順番に祭りの方にも出られることになっているのだ。

おそらく今年は、セレンにその順番が回ってきたのだろう。

「エルトゥール様、僕、先に屋敷に戻ってますね」

優良はエルトゥールに声をかけると、そのままセレンに小さく頭を下げ、屋敷の方へと足を進める。

「は？」

エルトゥールは驚いたような顔をしていたが、優良は気づかぬふりをしてそのまま歩き続けた。

＊＊＊

宵闇の中、輝く満天の星を、優良が静かに見上げる。

アナトリアに来てから驚いたことの一つに、星空の美しさがある。

電気は勿論、ガス灯も存在しないこの世界では、夜は頼りないランタンの光によって照らされるだけだ。

ただ、今日は祭りの夜ということもあり、遠くに見える家々の明かりもいつもより多く、それもまたとても美しく視界に映った。

「本で見るのと、実際の星を見るのとでは随分違うだろ？」

そんなふうに四方の空をずっと見ていると、隣に立つエルトゥールが楽しそうに言った。

「は、はい！　本に描かれた星空も素晴らしかったですが、こんなにも大きな空は実際の星空でないと見られません」

興奮したように優良がそう言えば、エルトゥールは満足気に頷いた。

「最近は星の本を見ていることが多かったからな、いつかここに連れてきたいとずっと思ってたんだ」

「ありがとうございます……！」

あの後、優良がエミネとお茶の準備をしていると、早々にエルトゥールは屋敷に帰ってきた。

セレンのことは何も言わず、約束していた通り、星祭りに二人で出かけることになったのだが、バザールや催しものを見終わり、てっきりそのまま宮殿に帰ると思いきや、エルトゥールは宮殿とは逆の方向へと馬を走らせたのだ。

そして向かったのは、カラハンのことで仲違いをした後、エルトゥールが連れてきてくれた場所だった。

これまでも何度かエルトゥールと訪れたことはあったが、昼間か夕暮れであったため、夜はこんなにも景色が違うのかと驚いたのだ。

「ユラ」

「はい」

笑顔でエルトゥールの顔を見れば、薄暗い中、その表情はいつもよりも緊張しているように見えた。そんなエルトゥールを、訝し気に優良も見つめ返す。

「お前が俺の妃になることは、五年前にお前がこの世界に来た日には決まっていた。お前の意思を確認することもなく、半ば強制的に決めてしまったことを、ずっと申し訳ないと思っていた。このまま、お前を妃にしていいものかと」

エルトゥールの言葉に、優良の表情が強張(こわば)る。

やはりエルトゥール自身、優良と婚姻を結ぶことに迷いがあるのだろうか。

「い、いえ……僕の方こそ、エルトゥール様の優しさに甘えてしまって、申し訳ありませんでした……」

思えば、エルトゥールと初めてこの場所でキスをしてから、随分長い時間が経っていた。けれど、穏やかな日々の中で、自分たちの間がそれ以上の関係に発展することはなかった。男で、しかもこれといって美しいわけでもないため、仕方ないとは思っていたが、どこか申し訳ない気持ちもあった。

五年前は、優良を助けるためにはエルトゥールの妃という立場に据えるしか方法がなかったが、今は違う。

優良も庇護（ひご）が必要な子どもではなくなったし、愛し子だと言われることもあまりなくなったため、ギョナム皇妃から命を狙（ねら）われる可能性もほとんどなくなった。

もしエルトゥールに今の関係を、婚約を解消したいと言われても、優良はしっかりと応じようと、そう思った。

「ユラ、俺がこれから言う言葉は命令ではなく、お願いだ。だから、嫌だと思ったら、はっきりそう口にして欲しい」

「……はい」

エルトゥールはとても優しい。もし優良が拒めば、不本意な婚約関係も継続してくれようというのだ。

だけど、いつまでもエルトゥールに甘えているわけにはいかない。

とても辛(つら)いし、しばらく何もできないかもしれないが、エルトゥールの意思に従おう。

優良は自身の手を、ぎゅっと握りしめる。

「改めて、言わせてくれ。ユラ、俺と結婚して、俺の妃になって欲しい」

「はい……」

出た声は、優良が思っていた以上に沈んだものだった。

「ありがとう、ユラ」

エルトゥールが、先ほどまで緊張していた表情を緩め、優良の身体を優しく抱きしめた。

嗅ぎ慣れた優しい香のかおりに包まれる。

そして、まるで条件反射のように返事をした優良は、エルトゥールから言われた言葉の意味をようやく理解する。

「……え？　結婚？」

「ユラ……？」

様子がおかしいことに気づいたのか、エルトゥールが身体をわずかに離し、顔を覗(のぞ)き込む。

「こ、婚約の解消ではなく、結婚ですか……？」

　エルトゥールが、自分を妃に望むと、結婚して欲しいと言ってくれた。嬉しさに、泣かないようにと堪えていた涙が瞳から溢れてくる。

「あ、ありがとうございます、とても嬉しいです……」

　自分でも、どうしてこんな状況になっているのかわからない。けれど、これからもエルトゥールとずっと一緒にいられることが、とにかく優良は嬉しかった。

　あまりの嬉しさに、目の前のエルトゥールの身体をギュッと抱きしめる。

　エルトゥールも少し困惑しながらも、優良の身体を抱きしめ返してくれた。

＊＊＊

　エルトゥールの部屋は、いつも良いかおりが保たれている。

　アロマポットと同じように香料が焚かれているのだが、可愛らしい形の陶器にはきれいな文様が描かれており、屋敷に入ることを許された商人たちから買っていた。

　そして、普段は微かに香る程度の香炉が、今日は少しばかり強く焚かれていた。

　窓枠の台にはたくさんの花が飾られ、寝台の片隅に置いてあるランタンも新しくなっており、その隣には香油も置かれている。

　極めつけに、ベッドのシーツも毛布も全て新調したものに取り替えられていた。

エルトゥールの話では、今日エルトゥールが優良に結婚を申し込むことは、屋敷中の人間が知っていたらしい。

最初エルトゥールは断られる可能性もあるからと、あまり話を大きくしないようにしたかったらしいのだが、それは絶対にないと、エミネが屋敷中の者に触れ回ったそうだ。

考えてみれば、ここ最近の屋敷の中はどこか浮き足だった雰囲気があった。

鬱々と後ろ向きなことを考えていたのは、優良だけだったようだ。

星祭りから帰った屋敷の中はシンと静まり返っており、それこそ使用人の数も最小限にしているようだった。

いつも以上に念入りに身体を磨かれ、着替えに用意されていたのも普段着ている寝衣ではなく、絹で出来た白いゆったりとした服だった。

笑顔のエミネに見送られ、寝室に戻った優良は、同様に湯浴みを終えたらしいエルトゥールとともに寝台の上で向き合っていた。

アナトリアに来てから五年、今でも小柄とはいえ、それでも当時に比べればだいぶ身体も大きくなった。

ただ、元々寝台は大きく、二人が寝ても手狭に感じることはなかったため、そのまま夜は一緒に眠っていた。

まあ……本来は、こういうことをするために、大きく作られているんだろうけど……。

優良と同様に、エルトゥールもいつもより薄い寝衣を羽織っており、開かれた胸元から逞しい胸筋が見えていた。

確か、自分からは話しかけちゃいけないんだよね……。

夜伽（よとぎ）の作法は、数年前に専門の女官によって教えられた。

あくまで妃は愛される立場で、自分から積極的に何かをしてはいけない。

説明は聞いたものの、正直自分にはあまり関係ないと優良は思っていた。

そもそも、エルトゥールだって結婚を申し込んでくれたとはいえ、自分との行為を望んでいるのだろうか。

「ユラ、お前の心の準備ができていないのなら、無理をしなくていい」

「……へ？」

考え込むあまり、いつの間にか下を向いてしまっていたようだ。

慌てて顔を上げれば、穏やかなエルトゥールの笑顔がそこにはあった。

「結婚を了承してもらえただけでも、十分に俺は今幸せだ。だから別に、今日でなくとも……」

「あ、いえ」

どうやらエルトゥールには、優良が伽に関して気が進まないように思えたらしい。

「嫌とか、そんなことはなくて……」

緊張はするし、恐れがまったくないかと言われると否定はできない。

本来の優良は異性愛者であるが、それでもエルトゥールへの想いは確かなものであることは、この五年間でよくわかっていた。

「ただ……本当に僕でいいのかなって」

「どういう意味だ？　そういえば、さっき結婚を申し込んだ時にも、妙なことを言っていたな？」

怪訝そうな瞳で、エルトゥールが優良を見つめる。

優良は勇気を振り絞って、これまで自分が抱えてきた気持ちを、ゆっくりと話し始めた。

最初は優しい笑顔で聞いていたエルトゥールだが、最後の方はその表情を思い切り引きつらせていた。

「ユラ……俺は五年前、お前に家族になって欲しいと言ったよな？」

「あ、はい」

「ずっと傍にいて欲しいとも……」

「言っていただけました」

「それなのに、一体なんで俺が叔母上に対し憧れをいだき続けていて、あまつさえセレンのことを想い続けているということになるんだ⁉」

まるで、今にも目の前の枕を投げつけそうな、そんな剣幕だった。

滅多に声を荒らげないエルトゥールらしからぬ様子に、優良は身体を小さくする。

「ですが、お二人とも金色の髪に青い瞳を持っていらっしゃって、お顔もとても美しいですし……」

「そうか？　よくわからないが……ただ、髪の色でいうならアナトリアでは金髪よりも黒髪の方がずっと希少で人気があるぞ。ハレムの女たちの中には、わざわざ黒く染める者もいるくらいだ。まあ、お前のようなきれいな黒髪にはなかなかならないけどな」

言いながら、エルトゥールが優良の髪を優しく撫でる。

「俺も、お前の黒髪はとても美しいと思う」

「あ、ありがとうございます……」

確かに、言われてみればハレムには黒髪に近い焦げ茶色の髪をした女性をたくさん見かける。どうやら勝手にコンプレックスを感じていたのは、優良の方だったようだ。

「それに、叔母上には子どもの頃から叱られてばかりで、むしろ苦手なくらいだ。母上の代わりになってくれようとしたんだろうが……恐ろしい印象しかない。セレンに関しても、婚約が決まっていたとはいえ別に正式なものだったわけでもない。妹のようにしか思っていないし、セレンだってなんとも思っていないだろ」

それは違う、少なくともセレンはエルトゥールに対して恋愛感情を持っている。それは、今日エルトゥールを誘いに来たセレンの嬉しそうな顔を見ても思った。

ちなみに、セレンの星祭りの誘いは申し訳なく思いつつもすぐに断ったようで、冷静になればなるほど、勝手に想像をめぐらし、悲観していたのが自分だけだということがよくわかる。

「それに、あの時キスだってしただろう？」

「そ、それはそうですが。でも……あれからそういうことは何もなかったですし……」

「……我慢してたんだ」

「え？」

「お前はまだ子どもだったし、身体も心も成長するのを待ってたんだ。それなのにお前は、人の気も知らず……！」

額に手をあてたエルトゥールが、これ見よがしにため息をつく。

エルトゥールとしては、てっきり自分の気持ちは優良に伝わっていると思っていたため、誤解されていたことがひどく不本意なようだ。

そっか……エルトゥール様は、そんなふうに考えてくれてたんだ。

優良の中に、温かい、優しい気持ちが流れ込んでくる。自分は、とても大切にしてもらっていた。

優良は腕を伸ばし、額にあてたままのエルトゥールの手に自身の手をそっと重ねる。

「ありがとうございます。僕もずっとエルトゥール様のことが好きでした。そんなふうに言ってもらえて、夢みたいに嬉しいです」

笑顔でそう言えば、エルトゥールがその瞳を見開き、優良の顔をじっと見つめる。

そして、自身の手に重ねられた優良の手首を掴むと、その身体を寝台へと思い切り押し倒した。

力は加減されていたようで、衝撃はそれほど受けなかった。

瞳を大きくし驚く優良の唇が、エルトゥールのそれにすぐさま塞がれる。

「ん………！」

以前の優しいものとは違う、激しいキス。

熱い舌が優良の口腔内へと侵入し、歯茎や舌をなぞっていく。

互いの唾液が混じり合い、気持ちよさに身体が震えた。

「エ、エルトゥール様？」

ようやく唇が解放され、短く息を吐きながら優良がエルトゥールを見上げる。

「さっきは今日でなくともいいと言ったが……やはり我慢できそうにない。今すぐ、お前を抱きたい」

優良の耳元で、エルトゥールが熱っぽく囁く。

「ダメか？」

この状況でも、きちんと優良の意思を確認してくれる。エルトゥールの、こういう優しさが優良はとても好きだ。

「……ダメじゃないです」

優良の声は掠れ、その頬は朱く染まっていた。

呟いた声はとても小さかったが、エルトゥールの耳にはしっかり聞こえていたようだ。

エルトゥールの唇が、優良の唇にすぐさま今一度重ねられた。


額に頬、こめかみに首筋と、エルトゥールのキスがあちこちに降ってくる。

くすぐったさと嬉しさを感じながらそれを受け入れていると、ひやりとした手が優良の肌へと直接触れる。

寝衣がはだけそうになり、反射的に優良は自身の手でそれを押さえてしまった。

「……ユラ？」

怪訝そうな顔をしたエルトゥールが、優良の顔を見つめる。

「あ、すみません……」

これでは、やりたくないと言っているようなものだ。優良は謝り、そして正直に自分の気持ちを口にする。

「なんの変哲もない、男の身体なので……見てもつまらないと思います」

女性のような丸みもなければ、かといってエルトゥールのように鍛え上げられた筋肉があるわけでもない。エルトゥールは小さくため息をつくと、問答無用とばかりに両の手で優良の寝衣を開いた。

「ひゃっ……」

元々布一枚ですぐに脱がせられるような服なのだ。露わになった肌が空気に触れ、落ち着かなさに肩をすぼめる。

「華奢ではあるが、しなやかな筋肉のついたきれいな身体をしている」

小さく笑ってそう言うと、エルトゥールが優良の鎖骨にリップ音とともにキスを落とす。

「それに、お前の滑らかな手を握るたび、身体の触り心地はどんなに良いのだろうかと想像していたんだ。言っただろう？　ずっと我慢していたって」

髪を優しくかき上げられながら、息もかかりそうな距離で囁かれる。

「できる限り優しくする。だから、どうか怖がらないで欲しい」

エルトゥールの瞳は真摯なものだったが、その中には欲望の焔が見え、優良は緊張しながらもこくりと頷いた。

「あっ…………！」

エルトゥールの唇と両の手が、優良の身体に優しく触れていく。

耳朶を舐められ、びくりと身体を震わせれば、舌は首筋へと下りていく。

濡れた舌に胸の尖りを舐められると、これまで感じたことのない気持ちよさを身体に感じた。

「はっ……あっ……」

思わず身体をひねれば、エルトゥールの片手でそれを押さえられ、そのまま胸への愛撫(あいぶ)を続けられる。

執拗(しつよう)に舐められた尖りが起(た)ち上がっていくのがわかり、恥ずかしくてたまらない。

もう片方は、指の腹で触られ、そちらもぷくりと尖っていく。

「お前のここは、可愛いな」

胸元から唇を離すと、エルトゥールが手を伸ばし、下腹部にそっと触れる。

すでに自分の中心が反応してしまっていることに気づき、恥ずかしさにエルトゥールを軽く睨(にら)む。

「エルトゥール様が、お上手だからじゃないですか……慣れていらっしゃるようで」

優良の言葉が意外だったのか、わずかに瞳を大きくした。

「まあ……年頃になれば伽のやり方は学ばせられるからな」

世継ぎを残すのは、皇帝の皇子ともなれば義務のようなもので、夜の手ほどきは性を生業(なりわい)にしている女性に習うと聞いている。

エルトゥールはハレムも持っていなかったし、優良がこの世界に来てから女性のもとに通ったことはない。

ただ、それはわかっていてもあまり良い気分ではない。そんな優良の気持ちは、顔に出ていたのだろう。

「そんなに膨れるな、やり方を教えられただけで、それ以上の感情はなかったし、面倒に思ったくらいだ」

エルトゥールは微笑むと、自身の額と優良の額とを近づける。

「こんなに気持ちが高揚したことなんて今までないんだ。これからも、俺の妃はお前だけだ」

真っすぐな瞳は優良だけを見つめてくれていて、その言葉が偽りでないことがわかる。

小さく優良が頷けば、エルトゥールがもう一度優良の唇に啄(ついば)むようなキスをした。

「あっ……はっ……！」

エルトゥールの愛撫はとても巧みで、優良の気持ちのよい部分を次々に引き出していく。

自身の身体が熱くなっていくのが優良自身にもわかり、唇が下半身へと下りてくると、優しく足を開かされる。

「剃(そ)っていないんだな」

露わになった下腹部の茂みをさらりと撫でられ、慌てて視線を逸らす。

「剃った方が、よかったですか……？」

ハレムの女性たちはみな剃るのだと説明されたが、エミネは無理に剃る必要はないと言ったため、そのままにしておいた。

短い息を吐きながらそう言えば、エルトゥールは無言で首を振った。

「色も薄いし、必要ないだろう。それに隠れている方が、より可愛らしく見える」

「えっ……？　ひゃっ……！」

優良の性器が、温かいエルトゥールの口内に銜えられる。

すでに先端が濡れ、反応していたこともあり、快感にびくびくと身体が震えた。

「はっ……！　やっ………！」

仰け反り身体を動かそうとすれば、エルトゥールの手に太股を掴まれる。

「あっあっ……！」

自身の手しか知らない優良は、あまりの気持ちよさにとても声が抑えられなかった。

「エ、エルトゥール様、ダメ、です……！」

性器への愛撫は、優良がエルトゥールに対して行うものだと教わっていた。

「お前が精通を迎えたと聞いた時、俺がどれだけ嬉しかったかわかるか？」

唇を離したエルトゥールが、優良の性器を優しく撫でる。

「やっと、お前に触れられるんだ。お前のどこもかしこも、可愛くてたまらない」

エルトゥールは優良の足の付け根を手で持ち上げると、双丘へと舌を伸ばした。

「ひっ……！　そ、そこは……！」

舌の先で窄みを舐められ、あまりの恥ずかしさに反射的に足を閉じようとする。

「……ユラ、足を広げてくれ」

「む、無理です。香油を、使ってください」

これから自分のそこが、エルトゥールを受け入れることはわかっている。

傷つけないようにエルトゥールが気を遣ってくれていることもわかるが、やはり抵抗がある。

「勿論使うが、俺は自分でお前のここを愛したいんだ」

エルトゥールはきっぱりそう言うと、優良の足を曲げ、再び秘孔へと口を近づける。

「とてもきれいな色をしている……」

濡れた舌に舐めとられ、あまりの恥ずかしさに顔だけでなく、身体まで赤く染まっていく。

「んっ……！　あっ……！」

くすぐったいような、むず痒いような感覚は、エルトゥールが唇を離した後も続いていた。

さらにそこに、香油をつけたエルトゥールの指が、ゆっくりと入ってくる。

「はっ……！」

舌では届かない、胎（はら）の深いところまで入った指を、エルトゥールがそっと動かす。

自分の身体から出ているとは思えない音に、優良は耐えられないとばかりに顔を隠す。

けれどそれに気づいたエルトゥールに手を摑まれ、外されてしまう。

「ユラの気持ちよくなっている顔が見たい」

そう言ったエルトゥールの声色は熱っぽく、興奮が混じっていた。

「え……？　ああっ……！」

指が増やされたのだろう。痛くはないが、異物感が強くなる。

丁寧に、胎内を掻（か）き回され、じょじょにこれまでとは違う感覚が芽生えてくる。

そして、エルトゥールの指がある部分へと触れた時、優良の嬌声（きょうせい）がひときわ高くなった。

「はっあっ…………！」

腰が疼（うず）き、漏れる声を止めることができない。

「だいぶ、柔らかくなったな」

時間をかけて解（ほぐ）されたそこに、エルトゥールの先端があてられる。

エルトゥールは優良に覆い被（かぶ）さると、太股を軽々と腕で持ち上げた。

「あっ……」

「息を吐いて、身体から力を抜け」

それが、挿入の合図だとわかり、必死で優良は言われたようにする。

吸った息を吐き出し、その瞬間、ずぶりと優良の中にエルトゥールの剛直が挿(はい)ってきた。

「はっ……！　あっ……！」

想像していた以上に逞しく、指とは比べものにならない質量に、優良は短い呼吸を繰り返す。

エルトゥールは苦し気な表情で、ゆっくりと優良の中へと腰を進めていく。

「全部挿った……お前の中は、とても温かいな……」

そう言ったエルトゥールの表情は満足気で、優良は少しばかりホッとする。

けれどそれはわずかな間のことで、「動くぞ」と耳元で告げたエルトゥールは、自身の腰を優良の中へと打ちつけていく。

「ひゃっ！　あっ……！　はっ！」

エルトゥールに揺さぶられ、頭の中が朦朧(もうろう)としてくる。

さらにエルトゥールの先端が、優良の敏感な部分を突き、身体に電流が走ったような感覚を覚える。

「はっ……！　やっ……！　あっ……そこ……」

気持ちがいい。もっと触って、突いて欲しい。

優良の気持ちが伝わったのか、優良の良い部分へとエルトゥールが抉(えぐ)るように腰を進める。

さらに、起ち上がった優良自身へも、エルトゥールが手を伸ばす。

「やっ……あっ……ダメ……！」

ゆるゆると緩慢な動作でさすられ、頭の中が真っ白になっていく。

あまりの気持ちよさに、何も考えることができない。

「エルトゥール様、離してっ……！　出ちゃ……！」

「ああ、俺ももう限界だ」

エルトゥールが優良の腰を強く摑み、その中に精を吐き出す。

優良は温かいものが身体の中に注がれているのを感じながら、白濁に濡れる自身の性器をぼんやりと見つめていた。

翌日、昼まで起き上がれなかった優良を労り、一日休みをとったエルトゥールはあれこれと世話を焼いてくれた。

嬉しさと恥ずかしさでなかなかエルトゥールの顔を見られなかった優良だが、とても幸せな気分だった。

7

まだ日の光が昇りきっていない、朝の早い時間。

ひときわ豪奢な軍服を纏(まと)い、特徴的な帽子を被ったエルトゥールを、優良は一心に見上げていた。

「優良、そんなに心配しなくとも、視察は二日程度で終わる。十日なんてあっという間だ、すぐに戻ってくる」

「ですが、途中には砂漠もあれば、海もあります。もし何かあったら……」

「砂漠といっても、途中には集落もあるし、船に乗るのだってほんの半日程度だ。頼りになる軍医もついている。心配する必要はない」

「ですが……」

「お前にそんな顔をされると、俺の方が行きたくなくなってしまうな」

「ご、ごめんなさい」

二人のやりとりを見守っていたエミネや女官たちが、クスクスと笑う。

アナトリアの東にあるカーヒラへのエルトゥールの視察が決まったのは、三ヶ月ほど前のことだったそうだ。

皇子たちは二十歳(はたち)になると国内の要職につくために、各県への視察も積極的に行うようになる。

積極的に様々な県に赴いた方が、宰相たちへの覚えも良くなるからだ。

ギョクハンなど、それこそ定期的に帝国内へと出かけている。

皇位に興味のないエルトゥールにしてみれば、視察についても興味はなかったのだが、さすがに皇子という立場上、帝都にずっと留(とど)まるのは外聞も悪かった。

仕方なく皇帝で父でもあるカラハンにも相談し、優良との結婚が正式に決まったら視察へも足を運ぶという約束をしていたそうだ。

「カーヒラ、良いところだといいですね」

帝都から離れているカーヒラは、かつては大きな国として栄えていたのだが、数代前の皇帝の時にアナトリアの一部となった。

元々同じ神を信仰していたこともあり、アナトリアに対しても好意的で、そのため今でもある程度の自治権は認められている。

エルトゥールがカーヒラを選んだのは、将来的に自分が軍政官として赴任する場所の候補の一つにしているからだった。

カラハンの代で兄弟殺しの法が事実上なくなったとはいえ、カラハンの兄弟たちはみな帝都から離れた場所に赴任している。

大都市ではカラハンへの反逆を疑われる可能性もあるため、みなそれなりの中小都市だ。

カーヒラは帝都からも離れているし、商業都市ではあるが政治的には要所というわけでもない。けれど気候がよく、過ごしやすい都市だと優良は聞いていた。

「ああ。お前も一緒に住む場所だ、そのあたりもしっかり調べてくる」

エルトゥールはきれいな笑みを浮かべ、優良の頭を優しく撫でる。

気持ちだけではなく、身体の方も結ばれてから、エルトゥールとの距離はますます深まった。

さすがに優良の負担も考え、毎日身体を繋(つな)げることはなかったが、この一ヶ月、何度もエルトゥールとは愛を睦み合った。

正式に式をあげていないとはいえ、二人の間はまさに蜜月(みつげつ)状態だった。

だからこそ、十日もの間エルトゥールの顔が見られなくなるかと思うとひどく寂しい。

「僕が本当の愛し子で、エルトゥール様を守る力があればいいのに……」

ポツリとそんな言葉を呟けば、エルトゥールは小さく笑って身体を少し屈(かが)め、優良と視線を合わせてくれた。

「愛し子であるかどうかはわからないが、お前には特別な力があると思うぞ」

「え？」

そういえば、あの時は有耶無耶になってしまったが、以前同じようなことをエルトゥールは言っていた。

「俺の人生に、光を灯してくれた。お前と出会って、俺は幸せになることができた。すごい力じゃないか」

「……エルトゥール様」

別れ際にこんな言葉を言ってくれるなんて、反則だ。

「僕もついていきたいです……」

涙ぐんだ瞳でそう言えば、エルトゥールが優良の唇に軽いキスを落とした。

出立の時間ギリギリになっても姿が見えないサヤンが迎えに来るまで、二人のやりとりは続いた。

＊＊＊

エルトゥールが視察に出かけてから七日。

優良の生活はこれといった変化はなかったが、いつもよりも朝の礼拝の時間を長くとるようにしていた。

育った家はそれほど宗教に関心がある方ではなく、正月には神社へ、訃報があれば寺院へ、そしてクリスマスを楽しむような、そんな一般的な家庭だった。

そのため、最初は日に一度の礼拝を欠かさないこの国の人々の信心深さに多少面食らったが、それも五年もすれば慣れてくる。

むしろ、聖堂にいる人々の気性がみな優しく穏やかなのは、神に仕えているからこそだろう。

優良自身、静かな環境で祈りを捧げることで気持ちも落ち着かせることができ、とても有意義な時間を過ごすことができている。

「ユラ様」

神官長と巫女たちに挨拶をし、聖堂の入り口へと向かうと、柱の傍で待機していた少年が顔を見せる。

「ごめん、遅くなって」

「いえ」

サヤンがエルトゥールについて視察に向かってしまったため、その間の優良の護衛はナジェがついてくれることになった。

優良が少年兵の訓練を受けた際によくしてくれた少年は、今はシャニサリーとしてエルトゥールの下で働いている。

同い年ではあるが、身長も体軀も優良に比べてがっしりしている。とはいえ、威圧感をまったく感じないのは、優しげな顔立ちが五年前とほとんど変わっていないからだろう。
元々生真面目（きまじめ）な性格もあるのだろう、それこそ優良が屋敷の外に出る際はいつもついてくれている。

「この後は皇帝陛下と朝食ですか？」

「うん……あまり、気が進まないんだけど」

小声でそう言えば、ナジェが苦笑いを浮かべる。

「緊張しますよね。ですが、それだけ皇帝陛下に信頼されている証（あかし）ですよ。さすが、ユラ様です」

周りの人間と一定の距離を置いているカラハンが食事を一緒にするのは、その皇妃であるギョナムとでさえ滅多にないことだという。

エルトゥールの妃であるとはいえ、これといった地位を持たない優良であるため、話し相手にちょうどよいとでも思われているのだろう。

勿論、エルトゥールには事前に話がいっており、断ってもいいと言われたのだが、そういうわけにもいかない。

普段であれば、多少緊張はしても、カラハンの話は興味深いものが多いため、優良も楽しむことができた。

ただ、この時期にカラハンと一対一で会うのは、少しばかり憂鬱（ゆううつ）だった。理由は、出てくる話題が皇位継承に関するものになるからだ。

エルトゥールが優良を正式に妃にすることを報告した日の夜、珍しくエルトゥールは憤慨して屋敷に帰ってきた。

話を聞けば、皇位継承権に関する話題が出たらしく、その件に関して口論になったようだ。

ギョクハンとエルトゥール、どちらも優秀ではあるが、カラハンはエルトゥールに次期皇帝になることを望んでいることは、なんとなく優良も察していた。

実際、優良自身もエルトゥールが皇帝となれば、アナトリアはより良い国になるであろうと確信している。

けれど、エルトゥール自身がそれを望んでいない。

世継ぎ争いで実の母を亡くしていることもあり、権力闘争とはなるべく離れた場所にいたいという気持ちもよくわかる。

『帝都に比べると、地方での生活は不自由をさせるかもしれない、それでも、ついてきてくれるか？』

近々、軍政官として派遣されるという話を優良に説明したエルトゥールの表情は、少しばかり緊張していた。

けれど、優良は勿論二つ返事で頷いた。

『エルトゥール様のいる場所が、僕の生きる場所です』

はっきりと優良がそう言えば、エルトゥールは安堵の表情を浮かべ、嬉しそうに笑った。

カラハンのこの国とエルトゥールを思う気持ちもわかるが、優良にとって一番大切なのはエルトゥールの意思だ。

何より、エルトゥールが皇帝になる意思があることを知れば、皇位継承権争いが起こる可能性すらある。

……ま、それは皇帝陛下もわかってると思うんだけど。

それでも、なおも諦めきれないのだろう。ただ、優良が説得したところでエルトゥールの意思は変わらないはずだ。

小さなため息をつき、王宮に向かうための回廊へと歩む。

「……あれ？」

頬に触れた風に、違和感を覚える。

「ユラ様？」

少し先を歩いていたナジェが、足を止める。

「あ、いや……雨が降りそうだなって」

「雨、ですか？　空は、明るいようですが……」

確かに見上げた空は快晴とはいえないまでも、晴れ間が広がっていた。

けれど、なんとなく今日は雨が降りそうな気がしたのだ。

空気の変化や前日の夕焼けを見れば多少の天候はわかるとはいえ、最近は特に勘が鋭くなっているように思う。

帰ったらエミネさんに伝えよう。

そんなふうに思いながら、優良はナジェを伴って王宮の方へと向かった。

優良の予想は、確かに当たった。けれど、想像していたよりも雨の量は多く、さらに強い風をも伴うものだった。


夜半過ぎ。

けたたましく窓を叩(たた)く雨の音に、優良は目を覚ました。

夕方から降り出した雨はますます強くなり、止(や)む様子はない。

むしろ風がどんどん強くなっていて、頑丈な石造りの建物の中ですら外の轟音(ごうおん)が聞こえてくる。

すごい嵐(あらし)だ。

起き上がった優良はカーテンを開け、窓から外を見つめる。

暗闇の中、雨と風が吹き荒れ、宮殿内の木々が揺れるのが見えた。

静まり返った部屋の中、うなるような雨と風の音はひどく心細く感じた。

同時に、この天候は西から東の方に向かっていくことを思い出す。

最低限の災害への対処のための設備が整っているイストブールでさえ、この雨と風では大きな被害が出るだろう。

川の堤防だって決壊する可能性があるし、おびただしい死者が出る可能性もある。

そしてこの雨と風は東へ、エルトゥールが渡っている砂漠の方に向かっていくのだ。

砂漠の嵐はただでさえ厄介なのに、この強い雨と風だ。

エルトゥール様……！

なんとか、この雨と風を止めなければ。

どうして、そんなふうに思ったのかはわからない。けれど、優良は寝衣の上から外套(がいとう)を羽織ると、部屋を出て、屋敷の外へと飛び出した。

「ユラ様！」

突然の優良の行動に驚いたエミネの声が聞こえてきたが、優良はその足を止めることはなかった。

びしょ濡れになりながら、優良は聖堂までの道を急いだ。

なぜか、聖堂へ向かわなければならないと、そう思ったのだ。

肌に叩きつけられる雨は冷たく、強い風のせいで前を向くことすら難しい。

それこそ、しっかり歩かなければ吹き飛ばされてしまいそうだ。

それでも、優良は真っすぐに聖堂に向かって歩き続けた。

「……お前、なんでここに？」

途中で、おそらく帝都の様子を見に向かうギョクハンと、側近の兵たちとすれ違った。

けれどそれにかまわず優良は歩き続けた。とにかく、一刻を争っていたからだ。

ようやく聖堂の前に着けば、普段は明かりが灯っているランタンも、全て風で消えていた。

優良は聖堂に向かい、一度だけ祈りを捧げ、次に空に向かって唄を歌い始めた。

テシートと呼ばれる聖歌は、神に捧げるためのもので、時折神殿の子どもたちが練習をしているのを聞いたことがあった。

けれど、優良自身は一度も歌ったこともなく、口ずさんだことすらなかった。

優良が歌っているのは似ているものの正確には聖歌ではないのだが、優良はその知らない唄をなぜか口にすることができた。

そしてその時、信じられないことが起こった。

優良の唄が空へと響くにつれ、雨と風が少しずつ止んでいったのだ。

それほど大きくはない、けれど美しい歌声はいつしか聖堂中に響き渡り、さらにその時の優良の身体は微かな光に包まれていた。

優良の纏う光は少しずつ空へと昇っていき、たくさんの雲を切り裂いていく。

「奇跡だ……！　愛し子様の起こした、奇跡だ！」

聖堂から出てきた神官や巫女たちが呆然とその光景を見守る中、誰よりも早く我に返った神官長が涙を流し、跪いた。

夜なのに、まるで昼間のように明るくなっていた。

晴れ渡っていく空を見つめ、優良は心の底から安堵した。

……よかった。これで、エルトゥール様は無事に帝都に帰ってこられる。

元々遅い時間帯だったこともあるが、おそらく自分の中にあった力を使い果たしてしまったのだろう。

急激な眠気とともに、優良は自身の身体がゆっくりと倒れていく感覚に気づいた。

まずい……倒れる。

けれど、予想していたような衝撃は来なかった。

倒れそうになった優良の身体を、がっしりとした逞しい腕が抱き留めた。

「……ギョクハン……様？」

朦朧とする意識の中、優良の目の前にはギョクハンの顔が見えた。

その表情は、これまで見たことがないほど嬉々とした笑みを携えていた。

そこで、優良の意識は途絶えた。

＊＊＊

明けて翌日。

ギョクハンは嵐が去った後の帝都の様子を近衛兵を連れて視察、被害状況を確認し、カラハンへの報告を行った。

「川の決壊は、三年前に築いた堤防により防ぐことができました。家を失った者や怪我を負った者はいますが、数十人程度なので、天幕や食料の支給を行いたいと思います。死者は、一人も出ておりません」

「そうか」

報告を聞いたカラハンが、満足気な笑みを浮かべる。

比較的温暖な気候のアナトリアであるが、十数年に一度、大きな嵐に見舞われることがある。

そしてそのたび、甚大な被害が出るのだが、今回は軽度なもので済んだ。全て、優良のお蔭だろう。

「そして父上……神の愛し子が、このアナトリアに降臨いたしました」

「ああ、その話は聞いている。神官長も巫女姫も、間違いないと言っていた」

カラハンが自身の横に控える神官長と、そしてセレンへと目配せをする。

「間違いありません、あの強い光は愛し子様の力です。ユラ様こそ、神の愛し子様だったのです」

はっきりと口にするセレンに、皇帝は少しばかり首を傾げる。

「愛し子の力は、どういったものだと思う？」

「おそらく、天候を自由に操れることができるはずです。あの時愛し子様が空に向かって捧げていた言葉は、この国に伝わるいにしえの言葉で、雨と風を止めて欲しい……そういったものでした。あれだけのことができるのです、その逆も容易(たやす)くできるかと」

「そういえば、ユラがこの国に来てから干ばつが一度も起こっていなかったな。偶然だと思っていたが、それもユラの力だったのかもしれない」

納得したように頷きながらも、カラハンはふと疑問に思ったことを口にする。

「しかし、なぜ突然あのような力が使えるようになった？」

「それは……」

「おそらく、次代の皇帝陛下が決まったからではないでしょうか？」

神官長の言葉を遮り、セレンがカラハンに答える。

「……次代の皇帝？」

「はい、愛し子様は次代の皇帝の妃になるのがこれまでの習わしでした。けれど、愛し子様がこの世界に来た五年前は、まだ次の皇帝陛下が決まっておりませんでした。ですから、その力を使うことができなかったのです」

「セレン、それは」

違うのではないか、セレンに対して言い募ろうとした神官長の言葉を、今度はギョクハンが遮断する。

「なるほど。では巫女姫の言葉が確かなら、次代の皇帝は俺。習わし通り、愛し子はその妃となる、それでいいですね？　父上」

ギョクハンの言葉に、セレンが息を止めた。

「お前……何を言っている。愛し子は、ユラはエルトゥールの妃になることが決まっているはずだ」

「それは愛し子としての力が発現する以前の話です。法官官僚や軍人官僚たちの間でも、俺が次の皇帝になるというのが専ら(もっぱ)の予測です。何より、エルトゥールに皇帝になる意思がないことは自明の理です。実際、やつは今は軍政官としての赴任地を選ぶため、視察に出かけている。そこの巫女姫だって言っていたでしょう。俺が次の皇帝に決まったことで、愛し子はその力を使えるようになった。つまり、神は次の皇帝に俺を選んだということだ」

「し……しかし」

　ギョクハンの迫力に、セレンはもはやなんの言葉も発せなくなっていた。代わりに、隣の神官長がやんわりと反駁したものの、ギョクハンが一睨みすると下を向いてしまった。

「ギョクハン！　次の皇帝を決めるのは官僚たちではない！」

「それでは父上はエルトゥールに皇帝の地位を譲るというのですか？　エルトゥールは確かに父上の子ですが、他民族の子であり、純粋なアナトリア民族ではない。……父上の嫌う、皇位継承争いが起こるとも限らないのでは？」

「アナトリアはアナトリア民族が建国した国だ！　けれど、歴代の皇帝の血を引く者にはみな皇位につく資格がある！　そんな考えを持つ者に、皇位を譲ることなどできない！」

　憤ったカラハンが、自身の机を力強く叩いた。

　ギョクハンの切れ長の瞳が見開き、傷ついたような顔をした。けれどそれは一瞬のことで、次にその表情に現れたのは明らかな怒りだった。

「やはり父上は、初めからエルトゥールを皇帝の地位につけるつもりだったのですね」

「今日明日で結論を出すようなことではない！　まずは、エルトゥールの帝都への帰還を待つべき……」

　カラハンの言葉はそこで止まった。

　ギョクハンが、無言で帯刀していた半月型の剣を抜き、カラハンへと向けたからだ。

剣についていた鈴の音が、静まり返った執務室によく聞こえた。

ギョクハンの合図を待っていたのだろう。扉が開かれ、近衛兵たちが一斉に中へと入り、カラハンを取り囲む。

「……何をしているのか、わかっているのかギョクハン？　俺を殺して、皇帝になるつもりか？」

「まさか。謀反を起こすつもりは毛頭ありません。けれど、父上のご年齢を考えても、そろそろ譲位をするべきではないかと思いまして」

不敵に笑ったギョクハンは剣を鞘に収め、片手を上げる。

「陛下、手荒な真似はしたくありません」

「どうぞ、こちらへ」

屈強な近衛兵たちがカラハンの身体を押さえ、強引に椅子から立たせる。

近衛兵の中にはカラハンが知った顔の人間もいたが、ほとんどはギョクハンによって召し上げられたものばかりだ。

「参りましょう、陛下。後のことは、ギョクハンに任せれば大丈夫です」

いつの間に部屋に入ってきたのか、笑顔のギョナムがカラハンに近づく。

「……ギョクハン！　お前は……！」

兵たちに従いながらも、カラハンは咆哮し、激しい怒りをギョクハンへとぶつける。

ギョクハンは、静かな瞳で近衛兵たちに連れていかれるカラハンを見つめていた。

神官長は慌ててカラハンの後を追い、セレンは執務室の片隅で、身体を震わせていた。

＊＊＊

優良が屋敷の寝室で目覚めたのは、すでに日が高くなってしばらくしてからのことだった。

「ユラ様、大丈夫ですか？」

気づいたエミネが駆け寄り、さらにそれに気づいたナジェも部屋の中へと入ってくる。

優良は二人の顔を交互に見た後、ゆっくりと起き上がる。

「大丈夫です。随分、長い間寝てしまったみたいなんですが……」

「仕方がありません、あれだけのことを成されたのですから。朝食を持って参ります、ご無理をなさらず、ゆっくりしていてください」

一晩眠っていたのもあるだろう。疲労感はなくなり、身体は十分軽くなっていた。見た目に変化はまったくないが、けれど、何か身体の奥から力のようなものも感じていた。

寝台に座ったまま窓を見つめれば、そこには雲一つない青空が広がっている。

「とても良い天気ですよ。今ギョクハン様が調査を行っておりますが、街の被害もほとんどないそうです。全て、ユラ様のお蔭です」

　ナジェは微笑み、深々と優良に頭を下げた。

　そういえば、ナジェの実家は川の近くにあると以前話していた。ずっと優良の傍についてくれていたが、心中では家族のことをとても心配していたのだろう。

「うん……自分でも、なんであんなことができたのかわからないけど、とにかく、嵐が収まってよかったよ」

　ナジェが言うように、雨と風を止めたのは確かに優良なのだろう。けれど、優良自身はいまひとつ実感が湧かなかった。

「ユラ様の愛し子様としての力が現れたこと、エルトゥール様も、お喜びになられると思います」

「喜んでくれる……かなあ？」

　エルトゥールの役に立てたことは、優良もとても嬉しい。けれど、エルトゥール本人は、愛し子としての優良にそれほど興味がないような気もする。

　そもそも、昨晩は力が使えたのかもしれないが、常にそれが発動するとも思えない。

「勿論です！　天候を自由に操ることができる、素晴らしいお力だと思います」

　なおも熱く語りそうなナジェに、食事を持ってきたエミネがクスクスと笑う。

　穏やかな部屋の空気を感じつつも、優良の心は妙に落ち着かなかった。何か、大切なことを見落としているような、そんな気がしたからだ。

たくさんの雨が降った後の庭の様子は気になったが、庭師たちに任せて優良は一日屋敷で過ごすようにエミネから言われた。

本を読んだり、エミネや女官たちと話をしたり、そうして部屋の中でゆっくり過ごしていると、あっという間に一日は終わってしまった。

湯浴みを終えて窓から外を見れば、ちょうど三日月が夜空に煌めいていた。

アナトリアの国旗にも描かれているように、三日月はアナトリアのシンボルでもあり、とても特別な存在だ。

神の愛し子の本来の意味も、月の女神が愛した子、というのが正確な意味なのだそうだ。

そういえば、アナトリアに来る直前に見ていた月も、こんなきれいな三日月だった。

そんなふうに、ぼうっと月を眺めていると、屋敷の一階からたくさんの足音と、そして声が聞こえてくる。

何かあったのだろうかと優良が部屋の扉を開ける前に、勢いよく扉が開かれた。

「ユラ様！　今すぐお逃げくださ……っ！」

最後まで、言葉は続かなかった。ナジェは後ろから何か棒のようなもので殴打されたらしく、その場に倒れ込んでしまったのだ。

「ナジェさん！」

慌てて駆け寄り、上半身を抱え起こす。気を失っているだけのようだが、一体どういうことかと優良は棒を持つ人間の方へと目を向ける。

部屋の中に入ってきた何人もの近衛兵たちの姿に、優良は息をのむ。

もしかしたらギョナムの手の者だろうかと、自分を害する可能性が一番高い女性の顔が浮かんだ。

けれど、近衛兵たちから出た名前は、まったく違う人間のものだった。

「愛し子様、お迎えに上がりました」

「……迎え？」

「ギョクハン陛下がお呼びです。どうか、王宮までの同行を願います」

近衛兵は殿下ではなく、陛下とギョクハンを呼んだ。その意味がわからない優良ではなかった。

カラハンの健勝な姿は、昨日見たばかりだ。病に倒れたという可能性は、皆無に等しい。

「……断ることは？」

「貴方のことを傷つけることは許されておりません。けれど、貴方を王宮に連れてくるためなら、何をしてもよいと言われております」

ギョクハンの性格を考えれば、無駄に屋敷の者を傷つけようとはしないはずだ。

ナジェがあくまで殴打で済み、切りつけられることがなかったのもそれが理由だろう。

おそらくそう言えば、優良が逆らえないことがわかっているのだ。

「わかりました、同行させていただきます。ただ、少しだけ用意をする時間をください」

「時間がありません」

「皇帝陛下の御前に出るというのに、寝衣のままだというわけにはいきません」

時間稼ぎに過ぎないことは、おそらく相手もわかっているだろう。

「十分だけ、待ちます。窓の外にも近衛兵はおります。お逃げになることなど、考えないように」

そう言うと、中心に立っていた近衛兵は他の兵を引きつれ、部屋の外へと出ていった。

エルトゥールが帝都に帰ってくるまで、あと二日ほどある。

一体どうしてこんなことになったのか、ギョクハンの目的はなんなのか。

考え始めるときりがなかったが、今は時間がない。優良は寝衣を脱ぎ去り、チェストの中から服を選び、そして最低限の身の回りの物を用意した。

8

十日を想定していたエルトゥールの視察は、移動が想像以上にスムーズに行われたこともあり、予定よりも半日ほど早く進行していた。

この季節には珍しく、海が荒れることもなければ、他国の海賊に遭遇することもなかった。

警備を行っていたアナトリア海軍でさえ、ここまで順調な航海は珍しいと言っていた。すでに景色は見慣れたものになってきており、イストブールの検問所には一時間もかからないうちに到着するだろう。

「話に聞いていたよりも、発展していましたね」

馬車の中、外を眺めているエルトゥールにサヤンが声をかけてきた。

「ああ、いい都市だった。街全体に活気があるのもいい。心配なのは、日照りくらいか」

砂漠に囲まれているカーヒラは、太陽が出ている時間が長く、乾季の頃は気温はさらに高くなる。

今は雨季であるためそれほど暑さは感じなかったが、時期によっては茹だるような暑さになるのだろう。

「そうはいっても、ここ五年ほどは作物がとれないほどの日照りは起きていないようです。そのため、人々の暮らし向きは豊かだったのでしょうね」

「そうだな」

言いながら、ふと五年という言葉が引っかかった。それは、ちょうど優良がこの世界に来た時期と重なるからだ。

偶然だとは思うが、もしかしたら、という想像がエルトゥールの頭に過り、すぐさまそれを否定する。

優良が神の愛し子としての能力を持たないことを、サヤンは惜しんでいたが、エルトゥールにとっては僥倖だった。

この世界とはまったく違う世界からやってきた優良は、おそらく神の愛し子だ。

誰にも、それこそ優良自身にも話していなかったが、初めて優良を見つけた時、水の中にいるはずなのに沈んでいく気配がまったくなかった。

その身体は淡い光に包まれ、まるで何かに守られるようにそこにいたのだ。

もし本当に愛し子であるならば、あまり関わり合いになりたくないのが本音だった。

まかり間違って惹かれあってしまった日には、それこそ皇位を狙うギョクハンと対立することは目に見えていたからだ。

けれど、優良には愛し子としての目に見える能力はなかった。

誰にも助けを求めもしなければ、泣き言一つも言わないその姿をどうしても放っておけず、自身の妃にと声を上げた。

優良はとても純真で、優しい人間だった。努力家で勤勉、控えめな気質であるためおとなしく見えるが、それでも自身の意見をしっかり持っており、言うべき時には物怖じすることなくそれを口にする。

けれどそれは決して私欲のためではなく、相手を思ってのことだ。

そんな優良に惹かれないはずがなく、気がつけばエルトゥールにとって誰より大切な存在になっていた。

神の愛し子であるとか、そんなことはもはやどうでもよかった。エルトゥールにとっては、優良の存在そのものが愛おしい。

馬車の窓にふと目を向ければ、夜の空にはきれいな三日月が輝いていた。

愛し子は、月の女神の子どもという伝説もある。早く優良に会いたい、その身体を思い切り抱きしめたい。

検問所が近づき、馬車が止められ、慌てふためいた兵士の一人がエルトゥールのもとに報告に来たのは、それからすぐのことだった。

「イストブールに入ることができない!?」

　前方にいた、青褪めた兵士からの伝達を聞いたサヤンが、訝し気な声を出した。

「はい……恐れながら、王宮からの命令らしく」

　一体どういうことだと、さらに兵士に言い募ろうとするサヤンを制す。

「俺が直接話を聞く。案内してくれ」

　エルトゥールが馬車を出れば、サヤンがその後に続く。

　兵士に案内され、検問所に立つアナトリア兵のもとへと急ぐ。

　他の兵士たちと違った煌びやかなエルトゥールの軍装は目を引き、すぐさま検問所の兵士は居住まいを正した。

「イストブールに入れないとは、どういうことだ?」

「ギョクハン様からのご命令です」

「……ギョクハン?」

　同い年の兄の名前が出たことで、エルトゥールの表情が険しくなる。

「なぜ、ギョクハンの命令に従わなければならない」

「それが……陛下が床に臥されてしまったようで、その間代理としてギョクハン様がその役割を務めておりまして」

　あの殺しても死なないようなカラハンが倒れたという話は、エルトゥールにとって俄かに信じられないものだった。

おそらく、エルトゥールが帝都を離れている間に、強引にギョクハンが皇帝の地位を奪おうとしたのだろう。

別に、それ自体はどうでもいい。エルトゥールは皇位には興味がないし、人間性はともかくとしても、ギョクハンの才覚は客観的に評価はしている。

皇帝になりたいのなら、勝手になればいい。

「それがなぜ、俺が帝都に入れない理由になる？」

「エルトゥール様には、追って軍政官の職を任命するということで、それまでは帝都の外で待機をしていただきたいとのことです。要りようのものがあれば、こちらから用意いたします」

イストブールにエルトゥールが戻り、皇帝の地位を狙うことを警戒しているのだろう。

実際、兄弟殺しが慣習となっていた頃は、皇帝の訃報が伝われば誰もが我先にと皇位を狙ったという。

視察にはそれなりの人数の兵を連れているため、当面の食料もあるし、天幕だって勿論保持している。

ただ、待機期間がどれくらいになるかはわからないため、その際の物資の補充は行われるということなのだろう。

「わかった。ただ、その前に俺の妃……ユラを迎えに行かせて欲しい。俺が帝都に入れないというのなら、他の者を向かわせる」

「そういうことでしたら……承知しました。どのような方法でお連れすべきか、聞いてまいります」

優良がエルトゥールの妃であることは王宮の者ならみな知っているが、式をあげていないこともあり、末端の兵士にまでは行き渡っていない。

年若い兵士は慌てたように人を呼びに急ぎ、そして次に、隊長らしき兵士を連れてきた。その兵の顔には見覚えがあった。代々の皇帝に仕えている有力部族の出で、ギョクハンの信奉者でもあった。

「ご無沙汰しております、エルトゥール様。長旅を終えたところ、足止めをしてしまい、大変申し訳ありません。ですが……」

「御託はいい。それより、地方に赴くにしてもその際はユラを連れていく。連れてきてもらえるか？」

「……それはできかねます」

「どういう意味だ？」

男は一時期はギョクハンの直属の部下として王宮にいたはずだ。エルトゥールが優良の妃であることを、知らぬはずがない。

「ユラ様……神の愛し子様は、次代の皇帝陛下の妃となる方です。愛し子様は、ギョクハン様の妃に選ばれました」

エルトゥールの瞳が、大きく見開く。

目の前が真っ赤になるほどの怒りに、頭の中が沸騰しそうになる。

「詳しい事情を話せ」

出た声は思った以上に冷静ではあったが、気を抜けば目の前のしたり顔の男に手を上げてしまいそうな、そんな言葉に言い表せない憤りをエルトゥールは感じていた。

＊＊＊

近衛兵たちに宮殿内の部屋の一つに連れてこられた優良は、ぼんやりと室内を見渡した。

人が使っている形跡はないが、敷かれた絨毯や壁の模様は豪奢で、もしかしたら他国の要人のための客室用の部屋なのかもしれない。

一応扉を開けようと試みてはみたものの、予想通り鍵がかかっており、窓はあるが、とても抜け出せるような高さではない。

ギョクハン様は、なんの目的で僕をここに……。

寝台に座り、これまでの経緯を考える。

夜も遅い時間帯だというのに、宮殿内はいつもより騒然としているように感じる。

それは、廊下を行き来する人間が多いことからも察せられた。

ギョクハン陛下、と先ほどの近衛兵は言ったが、たとえカラハンがなんらかの理由で逝去していたとしても、即座に次の皇帝が即位することなどできない。

それこそ、宰相たちや、聖堂の許可も必要なはずだ。

勿論、王宮内ではギョナム皇妃が中心となり、次期皇帝をギョクハンにしようとする動きは活発で、それこそ数年後にはそうなる可能性は高かっただろう。

エルトゥールがイストブールにいない今、皇帝位を奪い取る好機だとでも考えたのだろうか。

いや、それはあまりにもギョクハンにしては軽率だ。

そもそも、エルトゥールのことを警戒しながらも、エルトゥールに皇帝になる意思はないことくらい、ギョクハンにだってわかっていたはずだ。

だったらなぜ……。

考えあぐねたところで、重厚な部屋の扉がゆっくりと開く。顔を上げれば、そこには優良が今の今まで考えていた第一皇子、ギョクハンの姿があった。

「カフヴェスィ、好きだと言っていたな」

「……はい」

ギョクハンが手に持ったトレイの上には、カフヴェスィと、そして水差しが置かれている。どうやら、飲み物を持ってきてくれたようだ。

瀟洒（しょうしゃ）なテーブルの上にそれを置くと、ギョクハンは優良へと視線を向ける。

堂々とした派手な顔立ちの、目つきの鋭い美形。表情こそいつもと変わらないように見えるが、雰囲気はどこかピリピリとしていた。

けれど、それに怯（ひる）むことなく優良は口を開いた。

「あの、ギョクハン様、どうして僕はここに連れてこられたのでしょう」

あくまで、自分は何も知らない、宮殿内の様子にも気づいていない、という体を装い、優良は疑問を口にした。

けれど、残念ながらそれが通じる相手ではなかった。

「白々しい。宮殿内の雰囲気と、物々しい近衛兵たちの様子に何も気がつかないお前ではないだろう？」

ギョクハンの言葉に、内心ギクリとする。やはり、優良の考えなど全てお見通しだったようだ。

「それでは、はっきりとお聞きします。皇帝陛下はご無事なのですか？　貴方が皇帝の地位を望んでいたことは知っています。王宮内でも、貴方を次期皇帝にと推す声が多かった。

どうして……今だったんですか？」

　優良の言葉に、愉快そうにギョクハンが笑んだ。

「確かに、今は健勝な父上も十年も経てばどうなるかはわからない。そこまで待てば、俺の手に玉座は転がりこんできたかもしれない」

「だったら……」

「ああ、俺は待つつもりだった。けれど、さすがの俺も気づいた。父上が本当は誰を次期皇帝に望んでいるかをな」

　淡々としているが、苛立ちを含んだギョクハンの声に、優良の肩が竦(すく)む。

　長い間、カラハンとエルトゥールの仲は険悪だという見方をされており、そんなカラハンがエルトゥールを次代の皇帝に据えるとは多くの者は考えていなかった。

　それこそ、元々エルトゥールを玉座に据えたいと考える、他民族の血を引く一部の官僚たちくらいだっただろう。

　けれどここ数年、カラハンとエルトゥールの関係は目に見えて改善した。宮殿内の、カラハンの部屋に招かれるエルトゥールの姿が何度も見かけられたし、実情はどうあれ、仲睦まじい父子の姿に見えたはずだ。

「このままでは、次期皇帝の地位をエルトゥール様に奪われてしまう、そう思ったんですか？」

なるべくギョクハンを刺激せぬよう、穏やかに優良は問う。

「まさか。いくら父上がエルトゥールへの譲位を望んでも、本人にはその気がないことくらいわかっている」

「だったら、なぜ」

「だが、事情が変わった。次代の皇帝の妃であるお前が、神の愛し子が現れたからだ」

優良に近づいたギョクハンは、その長い指で、無理やりその顔を上向かせる。

「僕は……神の愛し子などでは」

「あれだけの能力を持っていてか？　笑わせてくれる。別に、隠していた等と言うつもりはない。お前自身、力が使えたことを驚いていたようだったしな」

優良が力を使った場所には、確かにギョクハンがいた。今更言い訳をしたところで、意味がないだろう。

「たとえエルトゥールにその意思がなくとも、神の愛し子であるお前を妃にすればエルトゥールを次期皇帝にと、周囲は考えるようになるだろう。天候を左右することができる、それだけの力を持つ愛し子なんだ、当然だ」

「……あの時力が使えたのは偶然で、これからも使えるかどうかは」

俯こうとするが、ギョクハンの力は強く、下を向くことができない。

「だが、お前がこの世界に現れてからこの大陸の気候はずっと安定している。すでに帝都では、神の愛し子がその力でアナトリアを守ったともっぱらの評判になっている。……偽の愛し子ではない、お前は神の愛し子だ」

優良の顎を掴んでいたギョクハンの手がようやく離される。けれどそれは一瞬のことで、すぐにギョクハンの大きな両手が優良の頬を包みこむ。

「そして、愛し子は次期皇帝の妃になると決まっている。だからユラ、お前は俺の妃にする」

ギョクハンの言葉に、優良の大きな瞳がさらに見開かれる。そしてギョクハンの唇が、優良の唇へと重ねられる。

「ん……！」

顔を動かそうにも、ギョクハンの力は強く、とても逃れることができない。

口づけられたまま強引に寝台へと押し倒される。

一瞬唇が離され、なんとか身体を動かそうとするが、簡単に四肢の自由を奪われてしまう。

「や……！」

やめてください、優良の言葉はもう一度ギョクハンに口づけられ、空気に触れることはなかった。

＊＊＊

ランタンが煌々（こうこう）と灯された天幕の中には、大きなテーブルが置かれ、そこにはイストブールの地図が広げられていた。

アナトリアはこれまで他国から一度も侵攻を受けたことはなかったが、皇帝の住むイストブールはもっとも守護しなければならない場所だ。

帝都内には五カ所の検問所が置かれており、ちょうど五芒星（ごぼうせい）のような形を描いている。中心に位置するのが、王宮だ。

イストブールの防衛に関しては常にエルトゥールの頭の中にあったが、よもや自分がそこを攻め落とす側、侵攻することになるとは思いもしなかった。

「やはり、西の検問所が一番手薄だな。ただ、この人数が動けば目立つ。本隊は東に置いたまま、一部の兵を西へと動かす」

「なるほど、陽動を狙うのですね」

「そうだ……シンプルだが、とにかく帝都に入ることが一番の目的だ」

固唾（かたず）をのんでエルトゥールの説明を聞いていた側近は、なるほどとうなった。

「エルトゥール様」

隣にいたサヤンが、エルトゥールの方を向く。

「なんだ」

「本当に、よろしいのですか？　時間はかかるかもしれませんが、国内の軍政官たちに声をかければ、賛同してくれる者も多いはずです。一度退いた方が、油断する可能性も……」

激高を抑えたエルトゥールは、検問所の兵士たちから事情を詳しく聞いた。

感情的には今すぐ剣を抜きたかったが、ここで騒ぎを起こせばギョクハンへの反逆の意を持つ者として捕らえられる可能性がある。

それでは相手の思うつぼだ。だからこそ、平静を装い、現状に対して耳を傾けたのだ。

兵士たちの話は、ある部分はエルトゥールの予想の範囲内ではあったが、まったく予想をしていなかったものもあった。

それは、優良が神の愛し子としての力を開花させ、帝都を襲った嵐を退けたというのだ。

優良のことだ、嵐はアナトリアの人々に甚大な被害をもたらすこと、そして視察に向かったエルトゥールもその例外ではないことがわかったのだろう。だから、なんとか嵐を止めようとしてくれた。

けれど、結果としてそれが優良が愛し子であることを証明してしまったのは、なんとも皮肉な話ではあった。

「……それはないな」

きっぱりと、断言するようにエルトゥールが言う。

「時間をかければ確かにこちらの軍備は整えることはできる。けれど、それは相手も同じだ。むしろ、狙うのなら正式に即位もしていなければ、王宮内も混濁しているこの時期だ。それに、互いに軍備を整えれば、大規模な戦に発展する可能性もある。そうなれば、幾人のアナトリア人の命が奪われるかわからない。サヤン、勘違いするな。目的は玉座ではなく、ユラの奪還だ。被害は、最小限に抑えたい」

口で言うほど簡単なものでないことはわかっている。けれど、今のエルトゥールの最優先事項は優良だった。

「……検問所の突破は、できません。西門が手薄に見えるのは罠です。どこの検問所にも、兵士たちが待機しています」

天幕内に、凜とした涼やかな声が響きわたった。

驚いたエルトゥールが、入り口を振り返る。

「セレンに……カヤン!?」

そこにいたのは、顔以外のすべてを覆い隠した修行中の巫女の服装のセレンと、神官姿のカヤンだった。

「エルトゥール様、ごめんなさい……私……」

セレンはエルトゥールに視線を向けると涙ぐみ、俯いてしまった。

「兄上、少しの時間でかまいません。セレンの話を聞いてやっていただけませんか？」

「だが」

今は、少しの時間も惜しかった。とはいえ、先ほどセレンが言っていた言葉が気にはなった。

「わかった。あまり時間はとれないが、話だけは聞く」

エルトゥールはとりあえず人払いをし、カヤンとセレン以外の人間を天幕の外へと出した。


「それで、話とは？」

セレンを椅子に座らせ、腕組みしたエルトゥールはセレンとカヤンを交互に見据える。

人目を避けてここにやってきた二人の様子を見れば敵であるとは考えにくいが、警戒するに越したことはない。

カヤンに腹芸ができるとは考えづらいが、ギョナムの子で、ギョクハンの弟でもあるのだ。

「愛し子様を……ユラ様を妃にするとギョクハン様が言い出した責任は、私にあるんです」

言葉を選びながら、ゆっくりとセレンが口を開く。

「……どういうことだ？」

「ユラ様が力を使われた翌日、皇帝陛下の御前で、どうしてユラ様の力が開花されたのか聞かれました。そして私は、おそらく次の皇帝陛下を神が決めたのだと、そう答えました」

「どうして……そんなことを……」

巫女姫の役割は、神の代弁者でもある。

セレンを責めても仕方がないことはわかっているが、セレンの言葉がギョクハンの暴挙を裏づけるきっかけとなったことは否めない。

「ごめんなさい……私、小さい頃からずっとエルトゥール様のことが好きで……嫉妬が、抑えられなかったんです」

はらりと、セレンの瞳から涙が零れる。

「初めてエルトゥール様がユラ様を神殿へと連れてきた日、神の愛し子様であることはすぐにわかりました。美しく、そして温かな光をユラ様の中に感じたからです。けれど、同時にエルトゥール様がユラ様に向ける瞳の優しさにも、気づいてしまった。愛し子様を待望していたのはユラ様ではなく、ギョクハン様でした。だからユラ様はギョクハン様の妃になればいいと……そう思っていました。でも、ユラ様を妃に選んだのはギョクハン様ではなく、エルトゥール様でした」

そういえばあの時、セレンにしては珍しく、強い調子で優良が愛し子だと主張していたように思う。

「勿論、ユラ様はこの国にとってとても大切な方です。あの場でエルトゥール様が自身の妃にすると言ってくださってよかったと、そう思いました。だけど……エルトゥール様はどんどんユラ様に惹かれていってしまった。愛し子として力を使うこともできないのに、エルトゥール様に愛されるユラ様が、羨ましくてたまらなかった」

勝手なことを言うなと、声を荒らげたい衝動にエルトゥールは駆られた。

けれど、それをしなかったのは、セレンの表情に明らかな悔恨の念が感じられたからだ。

「本当は、わかっていたんです。ユラ様が愛し子としての力を使うことができたのはエルトゥール様が心からユラ様を愛し、ユラ様もエルトゥール様のことを愛したからだということを。過去の愛し子様は、みな特別な力を持っていました。けれど、皇帝の地位を狙う皇子たちはいつしか愛し子様の存在ではなく、その力のみを巡って争うようになった」

それは、エルトゥールも聞いたことのある話だった。最悪の場合、皇子同士で殺し合いに発展したこともあったと文献には残っている。

「ユラ様が力を使えなかったのは、力のない愛し子様でも真に愛してくれる相手を見つけるため、愛し子様としてではなく、ユラ様自身を愛してくれる人間を見つけるためだったたんだと思います。神が次期皇帝に選ばれたのはエルトゥール様です。だけど……それなのに……本当に、申し訳ありませんでした」

　エルトゥールは、すぐに言葉を発することができなかった。

　セレンの気持ちには、薄々エルトゥールも気づいていた。けれど、それは年頃の少女にありがちな恋に恋をするようなもので、まともに取り合おうともしなかったのだ。

　だが、結果的にそれが原因で優良の身に危険が及んでしまった。

「俺がこんなことを言うのもなんだけど、セレンのことは、許してやって欲しい。こいつ、ギョクハン兄上が父上を捕縛したのを見て、すぐに俺のところに助けを求めてきたんだ。このままでは、ユラの身が危ないって。多分、こんなことになるとは思いもしなかったんだと思う」

　セレンを庇うカヤンの言葉に、エルトゥールは小さくため息をつく。

「それに明日、他の都市に巡礼にまわっていた神官と巫女がイストブールに戻ってくるっていうんだ。それに交じれば神殿の中まで行くことができる。そのために、俺とセレンはここに来たんだ。だから……」

　何も言わないエルトゥールに、カヤンが口籠（くちごも）る。

「セレン、責任を感じているようだが、おそらくお前が何も言わずともギョクハンはユラを自身の妃にしようとしたはずだ。お前の言葉は利用されただけに過ぎない」

そもそも、ギョクハンがセレンの言葉を単純に信ずるならば、最初から優良を神の愛し子として認めたはずだ。

「カヤンを連れてきてくれて助かった。礼を言う。今は少しでも情報が欲しい。王宮の詳しい状況を知る人間が来てくれて助かった」

「兄上……」

ホッとしたように、カヤンが表情を緩めた。

「それから……お前はもうわかっているだろうが、俺の口からも言わせてくれ。気持ちは嬉しいが、お前の気持ちに応（こた）えることはできない。俺には誰より愛する人間が、ユラがいる。おそらくこの先も、ユラ以外を愛することは考えられない」

「はい……、私の方こそ、お話を聞いてくださり、ありがとうございました」

セレンは涙を流しながら、震える声で礼を言った。けれど、その表情は先ほどよりも明るいものだった。

「皇帝の椅子になど興味がなかったし、俺にはユラさえいればよかった。だが、もしユラと生きていくためには皇帝にならねばならぬというなら……俺は皇帝を目指す」

「……エルトゥール様」

そろそろ話が終わったと思ったのか、天幕の入り口の前にはサヤンをはじめとする側近の兵士たちが集まっていた。

「みなも、どうか協力して欲しい」

兵士たちを見つめ、エルトゥールがはっきりと口にした。

その言葉に兵士たちは驚きながらも、時間が経つにつれ、表情に高揚感が溢れてくる。

「勿論です！」

「お任せください！」

兵士たち一人一人が口にする。

エルトゥールは彼らに対して微笑み、そしてすぐさまその表情を引き締めた。

そして密(ひそ)かに誓った。帝都に向かい、優良をこの手に取り戻すことを。

9

いつの間にか眠ってしまっていたのか、目覚めた時には夜が明け、窓からは暖かな日が差し込んでいた。

ギョクハンの姿は見あたらず、室内に人の気配は感じない。

小さく息を吐き起き上がれば、ちょうど扉を叩く音が聞こえた。

「はい」

声を出すと重厚な扉が開かれ、トレイを持った女官が姿を見せる。

「朝食を、お持ちいたしました」

「……ありがとうございます」

なんとなく視線を感じて女官の方を見てみれば、心配気に優良を見つめていた。

「あの……何か召し上がった方が……」

女官は言葉少なで、不安そうな表情を浮かべている。もしかしたら、ギョクハンに何か言われているのかもしれない。

「はい、頂きます」

本音を言えば、食事をする気分になどとてもなれなかったが、皿の上に載せられたパンとスープはとても良いにおいがした。

優良が立ち上がりテーブルの方へと向かうと、目に見えて女官の表情が柔らかくなる。

「あの、愛し子様……」

そのままスプーンを取ろうとすれば、扉の方に向かっていた女官が振り返って優良へと視線を向けていた。

「嵐を止めていただき、本当にありがとうございました」

丁寧に頭を下げる女官に、優良が瞳を瞬かせる。

「実家は農家で、嵐が来るたびに大きな被害が出ていました。生活は苦しいですが、下の弟たちをどうしても学校に行かせたくて、頂いた下賜金からも仕送りをしていました。けれど、昨晩の嵐でまた作物に被害が出れば、弟たちは学校を辞めなければいけませんでした。全て、愛し子様のお蔭です。本当にありがとうございました……！」

涙ながらに、まるで祈りを捧げるように女官はもう一度頭を下げた。

「そんな……僕は何も……」

慌てて立ち上がれば、女官は首を振った。

「お食事中に、個人的なお話をしてしまって申し訳ありません。けれど、この国の者はみな愛し子様に深く感謝をしております。どうか、それだけは覚えておいてください」

それだけ言うと女官は微笑み、今度こそ部屋を退出していった。

「感謝……か」

優良としては、嵐からイストブールの街を守りたいという気持ちもあったが、一番に頭に過ったのはエルトゥールの身の安全だった。

とにかく、あの嵐を今すぐに止めたい。ただ必死でそう思い、結果的に力の発現に繫がったのだ。

結果的に、それで多くの人々の助けになったのは幸いなことだったが、あんなふうに感謝をされてしまうとかえって申し訳なくなる。

パンを手でちぎりながら、昨日のギョクハンの言葉を思い出す。

自分は神の愛し子なんかではない。どうかエルトゥールのもとに帰して欲しい。

そう言った優良に、ギョクハンは声を荒らげた。

『ふざけるな！　自分が持つ力のすごさがなぜわからない！　お前の力があれば、涸(か)れた大地に水を与えることもできれば、川の氾濫(はんらん)を防ぐこともできる。それにより、どれだけの人間が救われると思っているんだ！』

ただ、皇帝という地位や名誉を欲しているわけではない。

アナトリアを愛し、この国をよりよくしていこうという思いは、エルトゥールと同じようにギョクハンだって持っている。

けれどそれでも、優良はギョクハンの妃になることはできなかった。

優良にはエルトゥールがいる。なんの能力も持たない、厄介者でしかなかった自分に手を差し伸べ、そして慈しんでくれた。そんなエルトゥールを、優良自身も愛している。

なにより、たとえこの国のためのことを考えていたのだとしても、ギョクハンのやり方はあまりにも乱暴だ。

そもそも王宮内部でさえ一枚岩ではなく、エルトゥールを次期皇帝にと考える人間だって多かったのだ。ギョクハンのやり方は、後々の遺恨となって残る。

だからこそ、皇帝陛下を……助け出さないと。

ギョクハンの話を聞く限り、ギョクハンはカラハンを殺してはいないはずだ。

皇帝である父を心から尊敬しているギョクハンだ、その地位を得るためとはいえ、殺すことはできないだろう。

地下牢も、考えづらい。どこか別の部屋、宮殿内のどこかに軟禁されているはずだ。

ただ、どちらにしても優良がこの部屋から出ないことにはなんの行動も起こせない。

エルトゥールの視察の日程は今日までで、夕方にはイストブールに戻ってくる予定だ。

けれど、ギョクハンが簡単にエルトゥールを王宮に入れるとは考えにくい。

助けを待つよりも、自分でなんとかするしかないだろう。

あまり、手荒な方法はとりたくないけど……。

昼になれば、おそらく朝と同じように女官が昼食を運んでくるはずだ。その隙を狙って、自分が外に出るしかない。

決意した優良は、まだ温かさの残るスープを口の中へと入れた。

ちょうど正午を過ぎたあたりだった。朝と同様に、控えめなノックの音が廊下から聞こえてくる。

「……はい」

騒がれて、人を呼ばれないように。けれどくれぐれも、怪我をさせないように。

そう思いながら、扉の方をじっと見つめる。けれど、開いた扉から出てきたのは、意外な人物だった。

「アイシャ……さん？」

いつもの色鮮やかな衣装ではなく、他の女官たちと同じ頭を覆うクリーム色のヒジャブにスカート姿だったが美しいその顔は、確かにギョクハンの愛妾（あいしょう）であるアイシャだった。

アイシャは人差指を鼻にあて、小さな声で言った。

「時間がありません。ユラ様、今すぐ私と服を交換してください」

アイシャはテーブルの上に手に持ったトレイを置くと、すぐさま自分の服に手を伸ばした。

「はっはい……！」

慌てて優良は後ろを向き、同様に自身の服に手をかける。

「そのまま、お話を聞いてください。最上階の一番奥の部屋に、皇帝陛下が軟禁されています。ギョナム様が監視のためについていらっしゃいますが、今日の午後はハレムのお茶の時間のため、少しの間部屋を出ます。その間に、どうか皇帝陛下を助け出してください」

言いながら、アイシャは脱いだ服を優良の肩にかけた。優良も自分が脱いだ服を、アイシャへと渡す。

着替え終わって振り返れば、アイシャから頭にヒジャブをかけられる。

「検問所の方に行っているため、王宮内の兵は出払っていますが、くれぐれもお気をつけください」

「はい、ありがとうございます」

「……お礼を言われるようなことは、何もしていません。それよりもギョクハン様が……申し訳ありません」

いつも朗らかな笑みを浮かべているアイシャの表情は曇り、微かにその手は震えていた。アイシャはギョクハンの側女（そばめ）なのだ。この行動は、ギョクハンへの裏切りでしかない。けれど、それでもなおアイシャは優良を助けようとしてくれている。それは、ギョクハンのやり方が間違っているということをわかっているからだ。

アイシャのためにも、カラハンを助け出さなければならない。

「必ず、皇帝陛下を助け出します」

優良は、震えるアイシャの手を強く握った。

優良の行動に、アイシャは驚いたような表情をしたが、小さく微笑み、ゆっくりと頷いた。

＊＊＊

アイシャが言っていたように、昨日に比べて王宮内の兵士の数は明らかに減っていた。

とはいえ、時折通りかかる兵士もいるため、怪しまれぬよう立ち止まり、顔が見えぬように頭を下げた。

「もう交代の時間か。検問所に兵をやらなきゃいけないとはいえ、こんなに出払っていて本当に大丈夫なのか？　検問所を突破されたらひとたまりもないぞ？」

「視察に連れていった兵の数は百にも満たないんだろ？　いくらエルトゥール様とはいえ、その人数で検問所を突破するのは不可能だろう」

「……あの方は、兵士をとても大事にする。無謀な戦いは挑まない方だからな。正直俺は、次の皇帝はエルトゥール様になると思っていたんだが」

「滅多なことを言うな。どこで誰に聞かれているかわからないんだぞ」

通り過ぎていく兵士たちの言葉を、黙って優良は聞いていた。

彼らの話を聞く限り、エルトゥールは検問所で足止めに遭っているようだ。

自分が動かなければと思いつつ、エルトゥールの助けをどこかで待っていた優良は、心が挫けそうになった。

けれど、それは一瞬のことだ。

せっかくアイシャさんがここまでしてくれたんだ。とにかく、皇帝陛下を助け出す……！

気を持ち直し、優良は階段への道を急いだ。

宮殿の中は広く、初めて訪れる人間は案内がなければ目的地にたどり着くことができないと言われている。

幸いなことに優良は、定期的にカラハンの部屋を訪れていたため、だいたいの部屋の位置は把握できていた。

最初に近衛兵とすれ違った後は人目に触れることはなく、最上階へと近づくことができた。あとは階段を上り、奥の部屋へと向かうだけ。

そう思い顔を出せば、ちょうど下の階から階段を上ってくる人影に気づく。

……女官が最上階まで行くのは、さすがに不自然だよね。

皇帝の世話はデリンのように特別な女官が行うはずだ。最上階へは、近寄ることも許されない。

一旦壁の方に身を隠し、なんとかやり過ごそうと息をひそめる。

けれど、どうやら上の階には上がらないようで、足音がゆっくりと近づいてくる。

どうか、気にせずに通り過ぎて……！

目を瞑り、頭を下げていたら、足音がピタリと止まった。

「……ユラか？」

聞こえてきたのは、優良が今もっとも聞きたかった人の声だった。

「エルトゥール様……！」

がばりと顔を上げれば、エルトゥール自身も驚いたような顔で優良を見つめている。

「無事でよかったです！」

普段の赤を基調とした軍装とは違う、どちらかというと地味な服は、おそらく兵士に混じるためのものなのだろう。

「それは俺の台詞(せりふ)だ……」

言いながら、エルトゥールがその大きな手で優良の肩を優しく包む。

「カヤンからお前が閉じ込められているという部屋を聞いて探しに行ったんだが、部屋の中はもぬけの殻で……心臓が止まるかと思ったぞ」

「アイシャさんが協力してくれたんです。……助けに、来てくれたんですね？」

エルトゥールの言葉から、いの一番に優良のことを探しに来てくれたことがわかる。

「当たり前だ。むしろ……遅くなってすまなかった。本当は、すぐにでも助けに行きたかったんだが」

「いいえ、来てくださっただけで十分です」

微笑み、見つめ合う。けれど、今はゆっくり再会を喜んでいる時間はない。

「アイシャさんの話では、皇帝陛下は奥の部屋に軟禁されているそうです。鍵も受け取っています。ギョナム皇妃も、この時間はハレムの方に戻っていると」

「ああ、女官を引きつれて歩いていくのが見えた。急いだ方がいい」

エルトゥールの言葉に優良は頷くと、最上階へと二人は急いだ。

ようやく最上階へ着き、奥の部屋へと向かえば、そこには二人の番兵が立っていた。柱の陰から、その様子を見守る。

「ユラ、ここで少し待っていろ」

「いいえ、僕に考えがあります」

エルトゥールの力を信用していないわけではないが、相手は二人だ。もし一人を逃したり、声を出されて人を呼ばれてしまっては、部屋に入ることも難しくなってしまう。

優良が自身の考えをエルトゥールに耳打ちすると、少し驚いた顔をしたものの、賛成してくれた。

ヒジャブを目深に被り、優良はゆっくりと番兵たちの方へと向かう。

「あ、あの……申し訳ありません」

「なんだ？」

「ギョナム皇妃様が、忘れ物をしたそうなのですが」

「忘れ物？　何を……」

一人の番兵を優良がひきつけている間に、さっそうと姿を現したエルトゥールが、音もなくもう一人を気絶させる。

「な！　貴様……！」

それに気づいてエルトゥールのもとに向かおうとする番兵の服の裾（すそ）を優良は思い切り摑み、バランスを崩したところで、エルトゥールの手刀が入る。

「う……」

素早い動きについていけなかった番兵が、呻（うめ）き声を上げて倒れた。

声を出さずに視線を合わせ、頷き合う。優良が渡した鍵をエルトゥールが使い、重厚な扉はギギという音を出して開かれた。

皇帝を軟禁させているだけのことはあり、扉の先は豪華な寝室だった。

「エルトゥール、ユラ……」

大きな椅子に座るカラハンが、驚愕の表情で優良とエルトゥールの名を呼んだ。

わかってはいたことだが、顔色も良く、健勝そうなその様子に優良は内心胸を撫でおろす。けれど、ホッとできたのはそのわずかな間だけだった。

「ユラに、エルトゥール……？　お前たち、なんでここに……！」

広い部屋の奥にいたらしいギョクハンが、異変に気づいてすぐさまやってくる。

エルトゥールの姿を確認すると、その瞳が鋭くなった。

「検問所の兵士たちは、みな取り押さえた。ギョクハン、もう諦めろ」

優良を庇うように前に出たエルトゥールが、はっきりと口にする。

エルトゥールの連れている兵士の数は多くはないが、みな選ばれた尖鋭ばかりだ。

「ほとんどの者は事情も知らされず、ただ命令に従っていただけのようだな。政変を起こすにしても、計画が杜撰すぎたんじゃないか？」

淡々としたエルトゥールの言葉に、ギョクハンの眦がますます吊り上がる。

エルトゥールの言うように、政変は計画的なものではなく、いくつかの偶然が重なったに過ぎない。当然、綻びも出てくるだろう。ギョクハンとしては、その前に自身が即位をするはずだったのだろうが、この状況ではそれも不可能だ。

「そうだな。最初からこうすればよかった」

低い声でギョクハンは呟くと、自身の腰にあった半月刀を抜く。

よく磨かれた剣が、きらりと光った。

「剣を抜けよ、エルトゥール。最初から、こうやって決めればよかったんだ。余計な死者を出さずに済む」

決闘で、次の皇帝を決める。ギョクハンは、そう言いたいようだった。

エルトゥールは逡巡したが、同様に自身の腰にある剣を抜こうとする。

「……やめてください」

けれど、優良の言葉でエルトゥールの動きは止まった。

「ギョクハン様、もうおやめください。こんなやり方では、たとえ即位したとしても、治世は長く持ちません。……民の心も摑めませんし、誰もついてこなくなってしまいます。ギョクハン様だって、エルトゥール様を殺したいとは思ってないはずです。最初からそれをするつもりなら、検問所で足止めなどしなかったはずです」

暗殺の機会はあった。けれどそれをしなかったのは、ギョクハンにエルトゥールを殺す気が最初からなかったからだ。

怯むことなく、真っすぐに優良が眼差しを向ければ、ギョクハンの瞳がわずかに揺れた。

けれど、ギョクハンが口を開くその前に、部屋の扉が大きく開かれた。

「剣を収めてはダメよ、ギョクハン。皇帝になるのは貴方、さっさとその薄汚れた血の入った者を殺しなさい」

「ギョナム……！」

カラハンが、驚いたようにその名を呼んだ。

予定が変わったのか、ハレムに行ったはずのギョナムが厳しい表情で立っていた。

ギョナムの言葉に、ギョクハンの身体がわずかに震える。

「ギョクハン！　この母の言うことが聞けないというの⁉」

ヒステリックなギョナムの声が、室内に響き渡った。

「ここでエルトゥールを殺さなければ、殺されるのは貴方なのよ⁉」

ギョクハンの瞳が、心もとなげに優良を見つめる。優良はそんなギョクハンを安心させるように、頷いた。

ギョクハンがエルトゥールに向けていた剣を、ゆっくりと下ろす。優良がホッとした瞬間、ギョナムがその表情を思いきり歪(ゆが)ませた。

「お前が……！　お前がこの世界になど来なければ！　やはり最初から、お前を殺しておけばよかった！」

護身用に持っていたのだろう、ギョナムは自身の短剣を抜き、そのまま優良へと襲いかかる。

殺意を持ったその瞳が、優良の身体へと到達するあと少しのところで、ギョナムの動きが止まった。

「な……！」

エルトゥールが剣を抜き、ギョナムを後ろから切りつけたのだ。

「エルトゥール様！」

優良が、驚いたように声を出す。エルトゥールは人を切ることができないとサヤンは言っていた。

おそらく、優良を守るために咄嗟に身体が動いたのだろう。エルトゥール自身、自分の行動に驚いているようだった。

苦し気に呻いたギョナムがゆっくりと倒れていくのを、ギョクハンが腕を伸ばして抱き留めた。その背中からは、おびただしい血が出ている。

「ギョ、ギョクハン……」

額から脂汗を流しながら、ギョナムがギョクハンに向かって微笑む。

「早く、エルトゥールと愛し子を殺しなさい……次の皇帝は、貴方……」

そこで、ギョナムの言葉は途切れた。

瀕死（ひんし）の状態だったギョナムの身体を、ギョクハンがその剣で貫いたのだ。

「母上……貴方は、あまりにも罪を犯しすぎた……」

言葉とは裏腹に、ギョクハンの瞳からは涙が溢れていた。

ギョナムの瞳を手で優しく閉じると、床へと横たえる。

「さあ、今度は俺だ」

ギョクハンが立ち上がり、エルトゥールを静かに見つめる。

「今回の政変を起こしたのは俺だ。これだけの騒ぎを起こしたんだ、誰かが責任をとらなければならない」

言いながら、ギョクハンが手に持っていた自分の剣を床へと投げる。

「俺を殺せ、エルトゥール。どうせ、この国は兄弟で殺し合う、そういった歴史を繰り返してきたんだ」

諦観（ていかん）しているのだろう、ギョクハンの表情には、笑みさえ浮かんでいた。

「……無抵抗の人間を、切れるわけがない」

「だったら昔みたいに剣で決めるか？　ガキの頃とは違うんだ、引き分けなんてものはないぞ」

ギョクハンが鼻で笑えば、エルトゥールの表情が苦し気に歪んだ。

「ダメ……ダメです」

優良が首を振り、対峙（たいじ）する二人に眼差しを向ける。

「血塗られた歴史を、これ以上繰り返してはいけません。次の皇帝は、エルトゥール様です。けれど、僕は男で、子を産むことはできません。エルトゥール様の次の皇帝は……貴方とアイシャさんの子かもしれません」

　優良の言葉に、ギョクハンが目を瞠った。

「どうして、それを……」

「アイシャさんにお会いした時、本人は無意識だったと思いますが、お腹を庇うような動きをしていました」

　もしかしたら、産まれてくるアイシャの子どものためにも、ギョクハンはこれだけの行動を起こしたのかもしれない。

「エルトゥール様が貴方を殺せば、貴方の子どもはエルトゥール様を恨み、エルトゥール様を殺そうとするかもしれない。憎しみの連鎖を、繰り返すわけにはいきません。産まれてくる新しい命のためにも、生きてください。皇帝陛下、それでよいですか？」

　固唾をのんで状況を見守っていたカラハンに、優良が視線を向ける。

　みなの視線が集まり、カラハンはゆっくりと立ち上がる。

「愛し子殿の考えは甘いな。……俺への、皇帝への反逆は、極刑に値する。たとえ我が子であってもだ」

「そんな……」

　動揺する優良とは違い、ギョクハンの表情は変わらなかった。ギョクハン自身も、覚悟をしていたのかもしれない。

　カラハンは腰を屈め、ギョナムの額へと優しく手をあてた。憐憫の情が、その瞳からは感じられた。

「ギョクハン、此度の責任をとり、お前を遠方の地に半永久的に追放する。イストブールに戻ることは二度とないと思え。それから、お前の皇位継承権をはく奪する。だが……お前の子は、その範囲ではない」

「……皇帝陛下！」

「父上！」

　優良とエルトゥールが、カラハンの言葉に顔を見合わせる。

　立ち上がったカラハンが、ギョクハンに穏やかな眼差しを向ける。

「お前は誤解していたようだが、俺はエルトゥールに譲位を決めていたわけではない。その判断をするためにも、お前たちには良い意味で競い合って欲しかった。お前にも素晴らしい能力があることを知っている。どうか、その力をこれからもこの国のために使って欲しい」

「父上……」

　ギョクハンの瞳から、はらりと涙が零れ落ちた。

　おそらくギョクハンは、ずっとカラハンに認めて欲しかったのだろう。

「ギョクハンとエルトゥールルは、俺が病から回復したと全兵士に伝えろ。後のことは、追って決めていく」

カラハンの言葉にエルトゥールルは頷き、そのまま部屋を出るために踵を返す。

優良もその後に続こうと、同様に足を動かした。

「ユラ」

けれど部屋を出る直前、ギョクハンの声が聞こえ、弾かれたように振り返る。

「もし……もし最初の場で俺がお前を妃に選んでいたら、お前は俺の妃になってくれていたか？」

ギョクハンの言葉に、優良が瞳を瞬かせる。

前を向いていたエルトゥールルが、こっそりと自分に視線を向けるのを感じた。

「わかりません。だけど……多分それでも、僕はエルトゥールル様の妃になりたいって思ったと思います」

優良が小さく笑ってそう言えば、ギョクハンは複雑そうな顔でため息をついた。

「なんだよ……最初から勝負は決まってたのか」

呟いた声は聞こえてきたが、自分に向けられたものではないとわかったため、優良は頭を一度下げ、今度こそ部屋を退出した。

10

カラハンの言葉に従い、エルトゥールは検問所に待機していた自身の兵に命令を出し、捕縛していた兵士たちを解放させた。

病に倒れたカラハンは愛し子の祈りのかいがあって病状は回復、皇帝の名代を務めていたギョクハンはその立場を返上した、というのが表向きの理由だった。

皇帝の名代に立っている間にそのまま譲位を行おうというギョクハンの目論見(もくろみ)は明るみには出たものの、カラハンを軟禁していた件は伏せられた。

事情を知らない末端の兵士たちはカラハンの身体の回復を喜び、ギョクハンに協力していた側近たちもギョクハン自身が説得し、素直に武装解除を行った。

近いうちに、軍政官としてギョクハンの地方への派遣も決まるだろう。

がむしゃらに皇帝の地位を目指していた以前のギョクハンなら、それは屈辱的なことかもしれない。けれど、今のギョクハンなら大丈夫だろう。

大方の処理を終えて二人が屋敷に戻ったのは、随分遅い時間になってからだった。

それでも屋敷の者たちは誰一人として休むことなく、家の主の帰りを待っていた。あの時気絶していたナジェも一刻も経てば目を覚ましたようで、無事に帰ってきた優良の姿を見て涙を流して喜んだ。

食事を終え、湯浴みを済ませ、部屋に戻った時にはすでに日付が変わっていた。

エルトゥールは長旅の疲れもあるだろうし、優良にとっても怒濤の二日間だった。

今日はゆっくり休んだ方がいいだろう。そう思っていたのだが、なぜか今、優良はエルトゥールによって寝台に押し倒されていた。

「あの、エルトゥール様……？」

息がかかりそうなほどの距離に、エルトゥールの美しい顔がある。その表情が、いつもよりも深刻に見えるのはおそらく気のせいではない。

そういえば、宮殿の廊下で再会した時にも、同じような顔をしていた。

「……本当は聞くつもりはなかったんだが、俺の心の中だけにしまっておくのはやはり難しいみたいだ。言いたくないのなら、無理に話さなくていい。ただ、聞かせてくれ」

「は、はい……」

一体、なんのことだろうか。

「ギョクハンに捕らえられた時……その……あいつは、お前の身体に触れたのか？」

エルトゥールの言葉に、優良の瞳が大きくなる。

「誤解しないでくれ、別にお前とあいつとの間に何かあったからといって、俺のお前への気持ちが変わることなどない。お前の力では、あいつに抵抗できないだろうこともわかっている。お前を守りきれなかった責任は、俺にある。何よりお前が生きて、無事でいてくれたんだ。それだけで十分だ。だが……」

言葉を選びながら話すエルトゥールは苦し気で、ひどく緊張してもいた。

もしかしたら、ずっとエルトゥールはそれを気にしていたのかもしれない。

「あ、あの、大丈夫です。ギョクハン様との間には、何もありませんでした……」

「本当か？　別に隠さなくてもいい、何かあったのなら」

エルトゥールはどうも信じきれないようで、なおも言葉を重ねてきた。

別にやましいことは何もないのだが、青い真っすぐな瞳に見つめられると、黙っているのが逆に悪いことのように思えてくる。

だから優良は、迷いはあったが、あの時のギョクハンとのやりとりをエルトゥールに話すことにした。

「最初は……おそらく、行為に及ぶつもりだったんだと思います。ただ、それはギョクハン様が僕に何か特別な感情があるというわけではなく、単純に妃にするための手段にしようとしたんだと思います。アナトリアでは、行為に及ぶことで側女として扱われるようにもなりますから……」

予想はしていたのだろうが、優良の言葉にエルトゥールの表情が険しくなる。

元々の顔立ちが整っているため、怒りを帯びたその表情はより恐ろしい。

自身に向けられたものではないとはいえ、優良は肩を竦ませる。

「だが、あいつは結局お前に手は出さなかった……」

「恥ずかしい話なのですが、とにかく必死で……泣いて抵抗しました。僕にとっても、ギョクハン様にとっても、よくないことだと思ったので。多分、それで気が逸れたんじゃないかと思います。元々、本気で僕をどうにかしようとは思ってなかったでしょうし」

「それは違う。むしろ……本気だったからこそ、手が出せなかったんだ」

ギョクハンが悪い人間ではないことを、優良は知っている。

「え？」

エルトゥールの言葉の意味がわからず、優良は小さく首を傾げる。

「まだ幼い頃、俺とギョクハンは仲が良く……時折遊んだり、一緒に菓子を食べたりした。あいつは気づいていたかどうかわからないが、俺は母上の手前、どこかあいつに対して一歩引いた態度をとっていた。菓子も玩具も、先に選ぶのはあいつだったし、俺もあいつに譲ることが当たり前だと思っていた。だがユラ、お前だけは、絶対にあいつにも、誰にも渡したくなかった」

「エルトゥール様……」

「それくらい、俺にとってお前は何より特別で、大切な存在なんだ。こんなにも誰かを愛おしいと思う気持ちを、初めて俺は知った」

優良を見つめる熱っぽい瞳。冷静で、あまり感情を見せることがないエルトゥールには珍しい表情だった。

同時に、こんなにも自分は愛されているのだと、心が満たされていくのを感じた。

「僕も一緒です。エルトゥール様を、エルトゥール様のことだけを、生涯愛し続けます」

優良が微笑んでそう言えば、エルトゥールの顔がゆっくりと優良へと近づく。

「あ……」

その瞬間、まだエルトゥールに言っていないことを一つ優良は思い出す。

「なんだ？」

「いえ、なんでもないです」

慌てて視線を逸らしたが、明らかに怪しいと優良自身でも思う。

「怒らないから、正直に言え」

「そんなに大したことではないのですが、えっとその……キスを……されて……」

誰に、とは言わなかった。けれど、それだけでエルトゥールには全て伝わったようで、その動きが一瞬ピタリと止まる。

「ご、ごめんなさ……」

謝罪の言葉は、最後まで続けられなかった。

早急に降ってきたエルトゥールの唇が、優良のそれを塞いだからだ。

「ん……！」

かき抱くように優良を抱きしめ、エルトゥールの舌がすぐに優良の口腔内へと入ってくる。

息もつかせぬような、激しいキス。

優良もエルトゥールの気持ちに応えるように、懸命に舌を絡ませた。


「はっ……あっ……やっ……」

足を大きく広げさせられ、中心をエルトゥールに銜えられる。

すでに高ぶっている優良の性器を、先ほどからエルトゥールは執拗に舐め続けている。

温かく柔らかな舌に包まれ、張り詰めたそこは解放を求めているが、根元をエルトゥールの手に摑まれているため、精を吐き出すことはできない。

やっぱり、怒ってるのかな……。

熱くなっている身体と、ぼんやりとした頭でふとそんなことを考える。

身体を繋げる際、エルトゥールは優良の全身をとても丁寧に扱ってくれる。今日もその点は変わらないのだが、少しばかりいつもより行為が長く、激しい。

それこそ、顔から足の爪先まで、エルトゥールが優良の身体で舐めていない部分はないのではないかと思うほど、ひたすらに時間をかけてくれている。

優良の弱い部分も気持ちのいい部分も、全てエルトゥールは知っている。

優良もまた、エルトゥールに触られたり舐められたりすると、自身の身体がひどく悦んでいることがわかる。

「ひゃっ……！」

潤滑油をつけた指が、優良の窄まりにぷつりと挿ってくる。

十日の間離れていたこともあり、わずかに身体が緊張する。

それを解すためなのだろう、エルトゥールが指で拡げた蕾の中に、自身の舌を入れる。

「やっ……あっ…………！」

襞の一つ一つまで舌を這わされ、ぞくぞくという快感が背筋に走る。

「エ、エルトゥール様……！　ダメ……！」

もう、我慢ができない。どうか意地悪をしないで欲しい。

そんな思いを込めてエルトゥールを見れば、秘孔から顔を離したエルトゥールが小さく笑った。

「悪い、お前の声を聞いていると、ついイジメたくなってしまって……」

優良の性器はすでに蜜で先端が濡れている。

エルトゥールはそれに優しく触れ、優良の耳元でこっそりと囁く。

「伽をしている時のお前の顔が、どれだけ可愛いか知らないだろう？　俺だって、必死で耐えてるんだ」

それだけ言うと、エルトゥールは優良の額に優しくキスを落とし、両手で優良の太股を抱え上げる。

そして、いきり立った自身の屹立を、ゆっくりと優良の窄まりへと挿入させる。

「はっ……………！」

指である程度は柔らかくなっていたとはいえ、エルトゥールを受け入れるのは久しぶりだ。痛みこそ感じないが、強い異物感に止まりそうになる呼吸を、何度か繰り返す。

けれど、決して嫌な感覚ではない。むしろ、優良の身体が喜び、エルトゥールの剛直を締めつけていた。

「ユラ……！　少し、力を抜いてくれ」

優良のすぐ上にあるエルトゥールの額から、一筋の汗が流れた。

「す、すみません……」

小さい呼吸を繰り返し、なんとか根元まで全て呑み込むことができた。

「お前の中は、本当に気持ちがよい……」

エルトゥールは小さく呟くと、ゆったりとした動作で腰を動かし始める。

「あっ……あっ………」

自分の胎の中を、エルトゥールが掻き回していく。

ずっと待っていたその感覚に、自然と優良の腰も動いていく。

声を抑えることができず、エルトゥールからも興奮したような息づかいが聞こえる。

「ひゃっ……やっ……！　あっ……！」

何度も腰を打ちつけられ、肌と肌がぶつかる音が耳に入ってくる。

「ここ……すごい、拡がってるな……」

秘部を指でなぞられ、ぞくりと肩が震える。

「やっ……言わな……！」

エルトゥールの腰の動きが速くなり、優良の身体は大きく揺さぶられる。

全身でエルトゥールを感じながら、その逞しい腰に優良は手を回す。

するとエルトゥールは優良の腰を強く掴み、繋がったままゆっくりと上半身を抱き起こした。

「何……ひっ……！　ああっ……！」

座ったエルトゥールの上へと乗せられ、身体の重みでより深く繋がる。

所謂（いわゆる）対面座位のような姿勢で、胎の奥までエルトゥールの屹立を感じた。

さらにそのまま足を抱えられ、上下に身体を揺らされる。

「ひっあっあっ……！」

細い腕をエルトゥールの首に回し、振り落とされないように必死で摑む。

気持ちのよい部分に先端があたり、頭の中が真っ白になる。

「はっ………！」

優良の声がひときわ高くなり、エルトゥールがその身体を強く抱きしめた。

身体の中に、エルトゥールの白濁が流れ込んでくるのを感じながら、優良自身も絶頂を迎えた。


元々身体が疲れていたのもあり、あの後すぐに意識を失ってしまっていたようだ。

気がついた時には、エルトゥールによって身体は清められ、優しく髪を撫でられていた。

「悪い、起こしたか？」

瞳を開いた優良に、エルトゥールが優しく問う。

「いえ……身体、きれいにしてくれてありがとうございます」

恥ずかしそうに礼をすれば、エルトゥールが楽しそうに笑った。

「それから……ごめんなさい」

ぽつりと優良が謝ると、エルトゥールが怪訝そうな顔をする。

「エルトゥール様は皇帝になる意思がなかったのに、僕のせいで……」

カラハンは、エルトゥールへの譲位の時期を明確に口にしなかった。

けれど、ここ数年のうちには行いたいと、そういったニュアンスの言葉は使っていた。

エルトゥールは静かにそれを聞き入れ、反発する様子はまったく見せなかった。

「気にするな。それに、別に皇帝になりたくなかったわけじゃない。ただ、俺が皇帝の地位を狙えばギョクハンと必ず対立することになる。父上の代でこの国は随分領土が広がった。国内の安定を図るべき時に皇位継承者争いをすれば他国につけ入る隙を与えるようなものだ……どうした？」

瞳を大きくしてエルトゥールを見つめる優良に、エルトゥールが訝し気な顔をする。

「いえ、さすがエルトゥール様だと思っただけです」

現在のアナトリアの状況を、きちんと客観的に見られているエルトゥールに、内心優良は感動する。

「何より、お前の愛し子としての力だ。国内に緘口令(かんこうれい)は敷く予定だが、この国は商人たちの出入りが多い。お前の力のことが他国へと伝わる可能性もある。だから、俺はお前を守るためにも、この国の皇帝になる」

はっきりとしたエルトゥールの言葉は、優良への誓いのようでもあった。

「僕も、エルトゥール様とアナトリアのために頑張ります」

優良も、決意をこめてそう口にしたのだが、それに対してエルトゥールは困ったような笑みを浮かべる。

「ありがたいが、あまり気負う必要はない。お前は、ただ俺の隣にいてくれれば十分だ。それだけで、俺にとって大きな力になる」

エルトゥールはそう言うと、優良に優しく甘いキスを落とした。

優良は、とても幸せな気持ちでそれを受け入れた。

＊＊＊

一年後。

アナトリア帝国・第十代皇帝として、エルトゥールは即位する。

エルトゥールの治世は、アナトリアの歴史の中でも栄華を極め発展し、同時に戦争のない平和な時代であったと後の書物の中で残される。

そして、秀麗な皇帝の傍には常に「神の愛し子」と呼ばれる伴侶（はんりょ）が寄り添い、エルトゥールは生涯ただ一人の伴侶だけしか持たなかったという。

終

あとがき

はじめまして、またはこんにちは。はなのみやこです。

ラルーナ文庫さんから二冊目の本を出していただけました。（同じレーベルさんから、二冊目の紙書籍を出していただけるのは初めてなので、とても嬉しいです……！）

今回はある意味では私の原点？　異世界転移ものです。

世界観はヨーロッパではなく、東西文明の十字路と言われたかつての大帝国をイメージしています。元々歴史は好きなのですが、今回は調べる時間をたくさん使ったのですが、とても勉強になりましたし、面白かったです。

内容に関してですが……こちらも好きなものをたくさん詰め込んでいます。担当さんはいつも自由に書かせてくださるので、書いている間本当に楽しかったです。

そんなふうにいつも優しく見守ってくださる担当F様、美しいイラストで作品世界を描いてくださった三廼先生、この本を出すにあたり携わってくださった皆さま、本当にありがとうございます。

今年は色々、大変なことがあった一年でした。たくさんのエンターテイメントが中止になってしまい、寂しい思いをされた方も多かったと思います。

そんな中、私の本を手に取ってくださり、読んでくださった方には感謝の気持ちでいっぱいです。少しでも皆さんの娯楽になって頂ければ、これほど嬉しいことはありません。

そして、来年は皆さんの楽しみが戻ってくることを心から願っています。

令和二年　冬　　　はなのみやこ

本作品は書き下ろしです。

この本を読んでのご意見・ご感想・ファンレターなどお待ちしております。**〒111-0036 東京都台東区松が谷1-4-6-303 株式会社シーラボ「ラルーナ文庫編集部」**気付でお送りください。

異世界の皇帝は神の愛し子に永久の愛を誓う

2021年1月7日 第1刷発行

著　　者｜はなの みやこ

装丁・DTP｜萩原 七唱

発 行 人｜曺 仁警

発 行 所｜株式会社 シーラボ
〒111-0036 東京都台東区松が谷1-4-6-303
電話 03-5830-3474／FAX 03-5830-3574
http://lalunabunko.com

発 売 元｜株式会社 三交社（共同出版社・流通責任出版社）
〒110-0016 東京都台東区台東4-20-9 大仙柴田ビル2階
電話 03-5826-4424／FAX 03-5826-4425

印刷・製本｜中央精版印刷株式会社

※本書の全部または一部を無断で複写することは著作権法上での例外を除き、禁じられています。
乱丁・落丁本は小社宛てにお送りください。送料小社負担にてお取替えいたします。
※定価はカバーに表示してあります。

© Miyako Hanano 2021, Printed in Japan ISBN978-4-8155-3251-2

虎族皇帝の果てしなき慈愛

はなのみやこ　イラスト：藤未都也

隣国の虎族皇帝から身代わり花嫁を要求され、
輿入れしたノエル。皇帝の素顔は意外にも…

定価：本体700円＋税

三交社

絶対運命婚姻令

真宮藍璃 ｜ イラスト：小路龍流

管理システムによって選ばれた婚姻相手…
だが、養育してくれた医師への想いも断ちがたく…。

定価：本体700円＋税

三交社

オメガ転生
～王子さま俳優の溺愛～

｜高月紅葉｜イラスト：藤末都也｜

2.5次元俳優と超人気俳優が大作舞台でダブル主演。
話題作りで同居することになるが…

定価：本体700円＋税

三交社